Heibonsha Library

召使心得 他四篇

平凡社ライブラリー

Heibonsha Library

召使心得 他四篇

スウィフト諷刺論集

ジョナサン・スウィフト著
原田範行編訳

平凡社

本著作は平凡社ライブラリー・オリジナル版です。

目次

V　召使心得

Ⅰ　ビカースタフ文書

PREDICTIONS

FOR THE

YEAR 1708.

Wherein the Month and Day of the Month are ſet down, the Perſons named, and the great Actions and Events of next Year particularly related, as they will come to paſs.

Written to prevent the People of England *from being further impos'd on by vulgar Almanack-makers.*

By ISAAC BICKERSTAFF *Eſq;*

Sold by *John Morphew* near *Stationers-Hall.* MDCCVIII.

「1708年の予言」（1708）のタイトル・ページ

一七〇八年の予言

月日はもちろん人名も含め、今年の大きな事件や出来事を、起きる順番に詳しく記載。イングランドの人々がこれ以上、ニセの暦作りにダマされないよう、アイザック・ビカースタフ氏が記したもの。

ロンドンの書籍出版業組合事務所近くのジョン・モーフューが販売。

一七〇八年刊

私はかねがね、わが国では占星術がひどく濫用されているのではないかと思っている。このことについていろいろ自問自答してみると、非難すべきは、占星術そのものではなく、その占星術をもって稼ぎを得ているイカサマ占い師たちなのではあるまいか。たしかに学者諸兄の中には、そもそも占星術などすべてがイカサマだ、星の動きが人間の行動や考え、心持ちに影響を与えるなどというのはとんでもない、バカバカしい話だとする人々もいる。占星術をしかるべく学んだことがなければ、そう考えるのも無理はない。本来高尚なる占星術が、われわれと星の間にいると称する無学で卑しいごく数人の商売人によってひどい扱いを受けているのだから。連中は、意味のないことや嘘、ばかげたこと、でしゃばりなどを、星の動きが示していると言っては、毎年、暦にどっさりと盛り込む。星などとんでもない、たかだか連中の頭からひねり出したものにすぎないのだ。

私は近く、占星術を擁護すべく理を尽くした本格的な書物を刊行するつもりであり、今ここではただ、これまで多くの学者諸兄が占星術擁護の論陣を張ってきたとだけ言っておこう。実際、妙な霊感など相手にしなかったギリシャ人の中でも最も賢明な学者として私が尊敬しているソクラテスも、その一人である。もっとも、これまで占星術を非難した人々というのは、なるほどほかの点では優れていたかもしれないが、その学識をこの分野に生かさなかった、もしくはうまく生かせなかった、ということは付け加えておきたい。だから彼らがいくら文句を言ったところで、それは占星術の不備の指摘としてはあまり重きをなさないのである。よくあるように、自分で分からないことを非難しているだけなのだから。

他方私は、占いで金を稼いだり、占星術の学者と称したり、あるいは数理占星術師などと呼ばれる連中が、賢人から軽蔑され侮辱されているのを見ても、少しも怒りを覚えないし、それが占星術を傷つけるものだとも考えていない。ただ、国会での活躍が期待されるようなわが国の裕福な紳士諸氏が、いったいどうして、このパートリッジ暦〔占い師ジョン・パートリッジは実在の人物（一六四四―一七一四？）、解説を参照〕

なるものに入れあげ、国内外の動向を暦で判断しようとしているのか、不思議でならないのである。なにしろギャドベリー〔ジョン・ギャドベリー（一六二七―一七〇四）。占い師で暦書を刊行、パートリッジのいわば先輩格〕かパートリッジの暦で日和を確かめないことには、狩りの試合も決められないといった調子なのだから。

今述べたギャドベリーやパートリッジにせよ、あるいはほかの仲間たちにせよ、そういう連中を私は、占い師であり、かつ魔法使いでもあると思っている。多少なりとも賢明な人であれば、こういう連中が文章の書き方や作法を心得ず、それどころか綴りすらも身につけていないということが、その暦から多くの例を述べ立てるまでもなく容易に分かるはずだ。いや、その序文を読んだだけでも、常識を欠き、理解可能な英語を書くことさえおぼつかないということはすぐ分かる。そして、連中の観察や予言ときたら、これはもう、いつの時代、どこの国にでもあてはまるようなものばかりだ。「この月には、さる高名な方が死の床につく、もしくは重病に襲われる」といった具合。こんなことは新聞を見れば一目瞭然、年末に出る訃報集成において、高名な方がお亡くなりにならなかった月などあるだろうか。わが国の高名な方々といえば、少なくとも二〇〇〇人、そのうちの大半はご高齢なのだからお亡くなりになるのは当然のこと。占い師連中は、その中で最も重篤な方を勝手に選んで予言するだけのことである。「この月にはある著名な聖職者が昇進するだろう」というのもあるが、これまた然り。数百人はいると思われる著名な聖職者の半分は、墓場に片足を踏み込んでいるようなものなのだから、空きができるのは当然である。「しかじかの家の星はたいへんなたくらみ、陰謀、策略があることを示しており、近くそれが明らかになろう」などというのもあるが、その後、何かが実際に起きれば占い師の名声は高まるし、起きなかったとしても、予言の効力は相変わらず生きている、というわけだ。ひどいのになると、「神よ、内外の敵からウィリアム王〔イギリス国王ウィリアム三世（一六五〇―一七〇二）〕をお守りくださいますように、アーメン」などというのもある。万一、国王がお亡くなりになれば、占いは当たったということになるし、そうでなければ、臣下の忠義の叫びと受け取られるだけである。もっともこのウィリアム国王が実際には年初に亡くなったのだが、それを知らずに何か月もの間、同じ祈りを捧げてしまった占い師もいるが、これはたまたまこの占い師が不運であったというだけだ。

　このようなバカバカしい占いについて、これ以上述べる必要はあるまい。ただ言っておきたいのは、こうした占いといっしょに、暦には各種の広告が付されているということ。薬とか性病に効く飲み物とか、それから、詩や散文で展開されるトーリー、ホイッグ両政党の口論といったもので、こんなもの、星の動きに関係はあるまい。

　占星術をもてあそぶ事例は枚挙に遑（いとま）がなく、長々とそれを繰り返し嘆いてみたところで、読者には退屈の極み。そこで私は、わが国を広く満足させる新機軸を打ち出すことに決めた。今後私がやろうと思っている占星術弁護の一環として、まずは今年、その見本を世に送り出そうと考えたのである。そのために私は、ここ数年取り組んできた各種の計算を見直し、修正を加えた。なにしろこの私、今自分が生きている、ということくらい納得の行くものでなければ一切世間には発表しないつもりである。実際ここ二年間というもの、私はごくわずかな一、二のことを除き、ことごとく予言を的中させてきた。トゥーロンでの失策〔トゥーロンはフランス南東部の海軍基地。スペイン継承戦争の際、反仏同盟軍がこの軍港を攻略できなかったことを指す〕については細部も含めて正確に予言したし、シャヴル提督の戦死〔クラウズリー・シャヴル（一六五〇―一七〇九）は軍功顕著な海軍の提督であったが、トゥーロンの戦いの後、イギリスへ帰港する途中、軍艦が岩に激突して沈没し戦死した〕については三六時間ほど実際より早く起きると予言したので日を間違えたのみ。計算を見直した結果、その間違いの原因もすぐに究明することができた。アルマンザの戦闘〔スペイン継承戦争の際、イギリスをはじめとする反仏同盟軍が大敗北を喫した戦い〕に至っては、日時も両軍の損失も戦闘の結果についても、すべて正確に言い当てている。これらの予言について私は、友人数名に対し、実際に起きる数か月前に、きっちり封印していつ開封すべきかを指示した書簡を送り、刻限の後には自由に開封して読んでもらいたいとした。この友人たちは、一、二のごくささいな点を除き、文面のすべてが真実であることを知ったというわけである。

それでこれから、私の予言を皆さまにお目にかけようというわけだが、実のところ私は、世に出ている各種の今年の暦を精査し終えるまでは刊行を控えていた。だが、どれもこれもみないつもの通り。読者諸氏には是非とも、それらと私の予言を比べてみていただきたい。敢えて申し上げるが、わが占星術の正しさは、ここに記された予言の正確さによって証されると思う。

パートリッジをはじめ同じ穴のむじなたちは、もし私が何か重大な出来事を一つでも間違えたなら、ペテン師なり詐欺師なり、いくらでも私のことをあざけるがいい。本書を一読した読者は、少なくとも私のことを、暦作りとしてのしかるべき誠実さと理解力を持つ者と考えてくださるだろう。私は闇に隠れたりはしないし、また、世間にまったく知られていないというわけでもない。私が読者を欺いたというのであれば、私は自分の名を人類への汚名としてさらす覚悟である。

一つお許しいただきたいことがある。というのは、国家の大事にかかわることはできるだけ控えたいということだ。そういうことを明らかにしてしまうのはまことに思慮に欠けるし、私自身の身にも危険が及びかねないからだ。しかしながら、わが国全体に影響が及んだりはしないような小さな事柄については、自由に語ることになるであろうから、それをもって私の予言の正確さをご判断いただきたいのである。フランスやフランドル地域、イタリア、スペインなど海外での注目すべき出来事については、公明正大に予言を語ることに何のためらいもない。そのうちの幾つかは非常に重要な事件に関するものであるが、起きる日を間違えることもまずあるまい。本書は最初から、従来イングランドで使われてきたユリウス暦を利用して記述するので、読者は、私が予言した日の出来事をそれが報じられた新聞と比べてみられるがよい、とだけ申し上げておこう。

それと、もう一つ付け加えておきたいのは、占星術に通じた学者諸兄の中には、星は人間をその気にさせるだけであって、人々の行動や意志を実際に動かすまでには至らない、という意見をお持ちの方がいるということだ。もちろんその通り。したがって私は、占星術の確かな規範に沿って予言を進めはするものの、予言した出来事がその通りに運ぶなどと思慮を欠く断言をするつもりもない、ということだ。

この、ある場合には少なからぬ重要性を持つ異論については、私自身、十分に検討を重ねてきたつもりである。たしかに、たとえば、ある人物が、運星の絶対的な力の影響を受けて抑えがたい性欲やら怒りやら強欲やらに突き動かされかけたものの、理性の力でそれを克服した、ということもあろう。ソクラテスなどはまさにこれにあたる。だが、この世の出来事の多くは、通常、それにかかわる人間の数の多さによって決まってくるものだから、皆が皆、欲望を抑え、一糸乱れず統一的な行動を取るなどということはありえない。それに、運星の力というものは、理性の及ばぬ行為やできごとにも達するものである。病といい、死といい、あるいはよくアクシデントと呼ばれるようなものはみなそうで、ここに長々と繰り返す必要はないだろう。

ともあれ、そろそろ私の予言を申し上げるべきであろう。私の計算は太陽が白羊宮〔おひつじ座〕に入った時から、すなわちこれこそ自然な一年のはじまりだと私は思っているのだが、そこから始まる。その後、太陽が天秤宮〔てんびん座〕へ進むのに応じて、そしてさらにその先少しだけ、予言を語っていきたい。一年のうちでも最も動きの激しい季節だ。そのさらに先は、実はまだ幾つかの厄介な問題を解決できてはいない。その問題をここでお話しするのはいささか詳細に過ぎるであろうし、なにしろ本書は、今後しかるべき自由と励ましを得られたならば実現させたいと私が考えている本格的な著作の見本にすぎない、ということを読者には覚えておいていただきたい。

さて、私の最初の予言は、実に瑣末なことである。ただ私がこのことを記すのは、イカサマ占い師諸君が、いかに自分自身のことを分かっていないのかを示すためである。何を隠そう、暦作りのパートリッジ君のことだ。彼の出生時の星位を私の考え方に沿って検討してみると、彼はきたる三月二九日、間違いなく死ぬことになっている。時刻は夜一一時頃、激しい熱病に冒されて、である。だから私は彼に対して、そのことをよく考え、命あるうちにしかるべく諸事を片付けておくよう忠告したい。

四月には、高名な方々がたくさんお亡くなりになるであろう。パリ大司教のノーアーユ枢機卿〔実在の人物（一六五一―一七二九）〕は四日に、アンジュー公爵の息子で若きアストゥリアス皇太子〔実在の人物（一七〇七―二四）で、アストゥリアスはスペイン北西部の古王国の名〕は一一日に、一四日には、わが国の高位の貴族がそのカントリー・ハウスにて、一九日には平信徒ながら高名な老学者が、そして二三日には、ロンドンのロンバード街の著名な金細工師が、といった具合。国内外を問わず、まだまだ名前を挙げられるのだが、読者にも世間一般にもさしたる意味も益もないであろうからここでは控える。

社会的な出来事としては、この月の七日、フランス南東部ドーフィネで大規模な暴動が起きるであろう。人々を抑圧しすぎたためのもので、数か月は収まるまい。

一五日には、フランス南東部の地中海沿岸地域を激しい嵐が襲い、多数のフランス船が破壊される。被害は港内の船にも及ぶ見込み。

一九日、この日は、一都市を除いたある地方の全域ないしは王国全土にわたる反乱の勃発によって知られる日となろう。この事件により、わが同盟国のある王子の株が上がるであろう。

五月、ヨーロッパでは、一般に言われているのとは逆に、あまり動きはない。ただ、フランス皇太子に死の予兆があらわれ、七日、短時間の発作と排尿困難の激しい痛みの後、お亡くなりになる。もっとも皇子の死は、一般に比べ宮廷内ではあまり悲しまれない。

九日、フランスのある元帥が馬から落ちて脚の骨を折る。それで彼が亡くなるかどうかは今のところ分からない。

一一日、この日には、ヨーロッパ中の注目を集めるような大事な包囲作戦が始まる。ただ私にはこれ以上詳しく語ることはできない。同盟国、ひいてはわが国にかなり関係する事柄を語るのは控えねばならないからで、その理由は読者もお分かりのはず。

一五日、これほど予想外のことはないというような、ある驚くべき出来事の報せが届く。

一九日、わが国の三人の高位のご婦人方が、大方の予想に反して妊娠していることが判明する。ご主人方のお喜びはこの上なし。

二三日、芝居小屋の、ある有名な道化が奇妙な病で死ぬ。まことに道化に似つかわしい。

六月。この月、国内では、一般には預言者などと呼ばれる、愚かですっかりダマされた狂信者が全国各地に広まる〔フランスの新教徒で宗教的熱情と予言を混同した一派が、一七〇六年、フランスから難を逃れてイギリスに上陸し話題になった。四月七日のドーフィネで起きた暴動の項を参照〕。その主な理由は、彼らの預言が叶えられるとされる時を迎えるからだ。こうした諸君は、予想とはまったく逆のことが起きてようやく自分たちがダマされていたことに気づくといった次第。もっともダマす方もダマす方で、なぜこれほどすぐに分かるようなヤワな事柄を予告するのか、実に恐れ入ったものである。数か月もすればウソだと世間に知れるのは必定なのだから。この点では、普通の暦作りの方がはるかに賢いということになろう。暦作りの諸君は、取りとめのない一般的なことを述べ、二枚舌を使っては解釈を読者に委ねてしまうのだから。

この月の一日、あるフランスの将軍が流れ弾に当たって死ぬ。

六日、パリ郊外で火災発生。火は一〇〇〇軒以上の家を焼き尽くす。このことは、翌七月末あたりに起きる、全ヨーロッパを驚嘆させるできごとの予兆のようだ。

一〇日、大きな戦いが起きる。戦いは午後四時に始まって夜九時まで執拗に続けられるが、勝敗ははっきりせず。場所は明らかにしないが、その理由は先に述べた通り。ただ、両軍の左翼の指揮官は戦死するであろう。——ああ私には、勝利を祝うかがり火が見え、祝砲の喧騒が聞こえる。

一四日、フランス国王の死が誤って伝えられるだろう。

二〇日、ポルトカレッロ枢機卿〔ルイ・マニュエル・フェルナンデス・ド・ポルトカレッロ（一六三五—一七〇九）〕が赤痢で死去。毒殺の疑いあり。ただ、彼がチャールズ国王に対して反乱を企てていたというのは誤報であったと判明する。

七月。この月の六日、ある将軍が名誉ある行動により、以前の不運な出来事で失っていた名声を取り戻す。

一二日、ある偉大な指揮官が敵の捕虜となって獄死する。

一四日、フランスのイエズス会士が、ある偉大な外国の将軍に毒をもったというスキャンダルが発覚する。このイエズス会士は、拷問にかけられるとさらなる秘密を暴露するであろう。要するにこの一件は、もし詳細を語るならば、七月の一大事件ということになるであろう。

国内では、一五日、ある著名な老上院議員がそのカントリー・ハウスで老衰のため亡くなる。

しかしながら、この月をわれわれのあらゆる子孫が記憶することになる出来事は、マリー宮で一週間ほど病の床にあったフランス国王ルイ一四世の崩御である〔もちろん実在のルイ一四世が崩御したのは一七一五年のこと〕。二九日の夕方六時頃である。痛風による疾患が腹部に現れ、それに続いて下痢が起きたためであろう。その三日後、今度は、シャミヤール氏〔ミッシェル・シャミヤール（一六五二—一七二一）、ルイ一四世の下で活躍したフランスの政治家〕が主君のあとを追って急死する。死因は卒中。

　この月には、同様に、ある大使がロンドンで亡くなるのだが、その日は分からない。

八月。バーガンディ公爵〔ルイ一四世の孫で、スペインのフェリペ五世の兄であるルイ・ド・フランス（一六八二—一七一二）のこと。先述のように、彼の父であるフランス皇太子は五月七日に亡くなったことになっている〕の指揮下にあって、フランス情勢はしばし動かず。だが来年は、すべてを動かすこの天才的指揮官が亡くなることで、事態が大きく転回していくことになろう。軍においても政治においても、新国王、いまださしたることもなさず。ただ、その祖父への侮辱が宮廷に広まり、気分は穏やかでない。

　この月の二六日早朝、驚きと喜びの表情を満面にたたえた急使が到着。三日間にわたって陸と海をすさまじい勢いで旅してきた模様。その日の夕刻には、鐘と祝砲が鳴り響き、千もの燃え上がるかがり火が見える。

　この月にはまた、ある高貴な生まれの若い提督が、たいへんな活躍をして不朽の名声を得る。

　この月、ポーランド情勢は完全に落ち着く。オーガスタス王〔フリードリヒ・オーガスタス二世（一六七〇—一七三三）。ドイツのザクセン選帝侯で、一度ポーランド国王となるが、スタニスラウス一世に譲位（一七〇四）。その後、一七一〇年に復位〕は、それまで見せてきた野心をついに断念し、スタニスラウス〔スタニスラウス一世（一六七七—一七六六）、一七〇九年に追放された〕が平和裏に王位を継承。スウェーデン王〔カルル一二世（一六八二—一七一八）〕は神聖ローマ皇帝支持を表明する。

それから、国内で起きるある事件に触れないわけにはいくまい。それは八月末のバーソロミュー・フェア〔メイ・フェアなどと並ぶロンドンの有名な市〕でのこと、いたずらのためにある小屋が崩落するということだ。

九月。この月の初めには驚くべき寒波に襲われる。一二日間ほど続く見通し。

ローマ法王は先月、脚に腫物ができて壊疽になり、長らく苦しんでいたが、今月一一日、お亡くなりになる。三週間にわたる激論の末、トスカナ出身ではあるが神聖ローマ帝国寄りの枢機卿が後任となる。御年六一くらい。

フランス軍は今や完全に防御の態勢を敷き、塹壕にあって守りを固めている。若いフランス王はマントバ公爵を講和交渉の使者として送る。もっともこの件、わが国も関係する国家の一大事なので、これ以上は控えたい。

ただ、一つだけ予言を付け加えるならば、いささか謎めいていて恐縮だが、次のウェルギリウスの詩にそれが含まれるであろう。

　その時、第二のテティスが現れて、第二のアルゴ船は
　選り抜きの英雄たちを運ぶだろう。*1

この月の二五日、この予言の正しさが誰の目にも明らかとなるはずだ。

今年の出来事についての私の計算は、ここまでである。今述べてきた事柄がこの間の重大事件のすべてというわけではもちろんないが、私が述べたことについては間違いなく実際に起きるであろう。国内情勢や、わが軍の海外での戦果について、なぜもっと詳しく語らないのか、というご不満もあろう。たしかに私はもっと詳しく語ることもできるのだが、権力をお持ちの方々はこれまで、社会的関心事に干渉するようなことを巧みに斥けてこられたし、私自身、そうした方々のご不興を買うようなまねはしたくない。あえて言うならば、わが同盟軍には大勝利があり、わがイギリス軍も、陸海軍ともにその栄誉を担うであろうということ、アン女王陛下〔イギリス国王（一六六五―一七一四）〕は健康にしてますますご繁栄、それから主な閣僚諸氏に不慮の災いが起きる心配はないということ、である。

読者諸氏は、私が申し述べてきた個々の出来事について、それがまさに的中することによって、私が並の占い師と同程度であるかどうか、ご判断いただけるものと思う。昔ながらのつまらぬ隠語やら星座を示すためのかなくぎ文字やらを持ち出しては無学の人々をたぶらかすそういう連中は、あまりにも長いこと世間を弄んできたわけだが、インチキ薬売りが多いからと言って、誠実な医者が軽蔑されてよいという道理はない。多少の名声を私は望んでいるが、しかしそれを、戯れ言や滑稽な言葉で台無しにされてはたまらないと思う。本書をお読みの方々は、毎日行商人が売り歩いているようなつまらぬ占いとこれが同じだなどとは、よもやお考えにならないであろうと信じている。幸い私は、二、三ペンスを稼ぐために汲々としている輩より少しは恵まれており、そんなはした金を大事に思うこともなければ欲しいとも思わない。だからどうか皆さま、卑しく愚かな者たちの手に落ちて長らく貶められてきた、占星術というこの古来の学問をしかるべく磨き、改良しようとする実にまっとうな気持ちで書かれた本書を、くれぐれも性急に非難なさったりはしませんように。私が人をだましているのか、あるいは私が間違っているのかは、少しお待ちいただければすぐに分かること。その時まで判断を保留していただきたいと願うのは、さほど理不尽なことではありますまい。私もかつては、星の動きで予言するなどバカバカしいと思っていた。ところが一六八八年、さる高位の方が彼のメモ帳に記された次のような文言を見せてくださったのである。そこには、最も優れた天文学者であるハレー海軍大佐〔エドモンド・ハレー（一六五六―一七四二）、ハレー彗星の回転周期の計算に成功したことで知られる〕がその方に請け合ったこととして、一六八八年、イングランドで大きな革命が起きなければ、星の影響など信じる必要はあるまい、とあったのである。このことを知ってからというもの、私はそれまでの考えを改め、苦節一八年、研究と実践を重ねてきた。この間の苦労については決して後悔などしてはいない。さて、これ以上、読者を無理に引き留めることは控えたい。ただ最後に申し上げたいのは、来るべき年の出来事としてここに記載したことは、ヨーロッパにて起きる主なものを集めたもの、わが国において公にすることがかなわなければ、ラテン語でこれを著し、オランダにて印刷して学問のある方々にお知らせする所存である、ということだ。

今月二九日にお亡くなりになった暦作りのパートリッジ氏を悼むエレジー
一七〇八年三月

さてさて、ビカースタフの予言通り、
冗談かと思いきや、
パートリッジはご臨終。ビカースタフの予言は嘘、
と言う前にお亡くなりになった。
ああ不思議、空になんの変異もなく、
占い師がこの世を去ってしまうとは！
長年の友である星の一つも、
その棺に手を貸さぬのか？
流星も、食も、姿を見せぬのか？

炎のほうき星も現れぬのか？
陽はまた昇り、また沈む、
パートリッジの死など知らぬよう。
真昼を恐怖の闇に変えるべく
自らを月に隠すこともしない。
陽は白羊宮に入って順風満帆、
地上の人間の喜怒哀楽など、どこ吹く風。
年に二度、赤道をまたいでも、
何事もなかったかのよう。

賢人の中に問う者がいた、靴屋〔パートリッジは元来、靴職人であった〕と占い師には
似ているところがあるのか、と。
パートリッジはどうやって、あの占星術を、
靴底からはじめて天に届くまでにしたのか、と。

靴屋は、髪が目にかからぬようにと、

布きれでこめかみをギュッと締める。
王子の冠も
靴屋の鉢巻きに由来する。
それゆえ、王冠なども昨今では、
金の星や光線で飾られている。
これぞ、靴屋と天文学との
近しい間柄を示すもの。

うしかい座のしるしは、とろとろ歩む荷車だが、
これはなにかの間違いで、
この議論に決着をつけたのはパートリッジ、
なるほど彼は靴職人、うしかい座をブーツ〔うしかい座を意味するBoötesと靴のBootsの語呂合わせ〕と呼んだのだから。
三日月形のサンダルを
ローマ人は履いていたそうな、
ゆったりとしているので、うおのめも何のその、
だからサンダルは、靴屋の技が天空を

表すものと思っている。

幾何学模様に貼られた羊皮紙の紙片は、
気圧の変化をよく示し、
星と同じく、天気を予知できる。
えっ何だって、貼られているのは、羊皮紙ではなく、皮だって?
占い師にとってはそんなことお構いなし、
暦にでも靴にでも使えるのだから。

かくして、才覚に富むパートリッジは、
占いと靴屋の両方を同時に手掛けていた。
気味の悪いフクロウが（いや、
コウモリかも知れないな、革の羽らしいから）、
夜半にこそこそ巣から出て、
ろうそくの炎の周りを飛び回るように、
学あるパートリッジも、そのように、

革の工房から闇夜へと這いだし、
輝く星を覗き見て、
空想に耽っていたのである。

くわえて彼は、天球を狼狽させ、
惑星の動きを耳で聞き分けたこともあったそうな。
わが実力を見よ、とばかりに、
わざと火星を金星に近づけ、
それから、水星に助けを求めて、
金星が負った傷の手当てをさせたのだ。

ルキアノス〔ルキアノスは二世紀のギリシャの諷刺作家〕の語るところでは、
ギリシャのピリッポス王〔ピリッポス二世。古代マケドニア王（紀元前三八二―紀元前三三六）〕崩御の折、
その魂と精神とが二つに分かれ、
それぞれ違ったことをしたという。
一方は星を一つ空に上げたが、他方は、

星を下界へ落とし、地獄で靴屋にさせたという。

かくしてパートリッジは、どちらの商売でも輝くという次第、
靴屋でも星占いでも。
きら星のごときそのさまは、
あたかもローマ皇帝のよう。

汝、天空に駆け上がりし者、
今なお己の仕事を続行中。
おうし座に革をもらい、
太陽神フォイボスには、それをなめして、乾かしてもらう。
アルゴ船〔ギリシャ神話で、黄金の羊の皮を求める勇者たちを乗せた船〕には課税され、
うす汚れた船の側面には蠟を求めて人が群がるが、
優しいアリアドネ〔ギリシャ神話に登場する女神〕には、
髪の編みひもをもらって靴屋で使うといったぐあい。
いて座の矢を靴屋のキリにしてしまう、

その技たるや、神業のごとし。
ウルカヌス〔ローマ神話で、ウルカヌスは火と鍛冶仕事の神〕も、妻にそそのかされ、
汝のために革剝ぎナイフを鋳造する。
窮屈そうなおとめ座は、
業を煮やして脚を開き、
その間に汝を優しく迎え入れる。
そういうわけで黄道一二宮、今や一三宮となる。

輝かしき星よ！　下界にいる、
けんか好きの靴屋に、憐憫あれ。
嵐の夜、ゴロツキ少年どもがたれる糞に
苦しめられ、
あるいは板のすき間から吹き入れられた煙に
燻りだされたりするのだから。
だが汝よ、聖ジェイムズ宮殿の方〔ロンドン西部の洒落た一角〕に

座を占めてはならぬ。
月と星々の熱烈なる信者が
どこにいるかを考えよ。
占い師と狂人は、
ムア・フィールド〔ロンドン北部、中世から精神病院があった〕に居を定める。
汝の優しき一瞥、
旧友を見殺しにするなかれ。

墓碑銘

ここ五フィートの地下に仰向けに横たわるは
靴屋にしてへぼ占い師、やぶ医者なりし者。
この者は今もって、星に向かい、
ひたすら天を見上げている。
悲しむがいい、彼の錠剤やら暦やら靴やらを
使いしすべての者たちよ。

週に一度くらいは、墓参りをするがいい。
遺骸をおさめしこの地には、
大なる徳が宿っており、
われはわが耳にかけて誓うが、
われらにかかわりのあることは、
天にありて予言するであろう。
薬も盗品のありかも恋の沙汰も。

ビカースタフ氏の第一の予言が見事に的中
暦作りのパートリッジ氏、今月二九日にご臨終、その一部始終

さる高位なるお方への書簡として

閣下

閣下へ

閣下のお求めに応えるべく、また私自身の好奇心から、ここ数日、私は暦作りのパートリッジ氏の動静をたえずうかがっておりました。言うまでもなくこの人物、ひと月ほど前に刊行されましたビカースタフ氏の予言において、今月二九日の夜一一時頃、熱病に冒されて死ぬとされておりました。パートリッジ氏とは私が税務局に勤めておりました折に面識ができました。というのも氏は、毎年、いくばくかのお礼を目当てに、私やほかの紳士諸氏に自ら制作した暦を贈ってくださっていたからです。亡くなる一〇日ほど前、私は彼に一、二度遭遇いたしました。彼の友人たちは、何も心配はいらない、などと言っておりましたが、私の見るところ、どうも彼はもうだいぶ弱って元気がなくなっておりました。二、三日前になると、いよいよ彼は

病にかかって部屋から出られなくなり、その数時間後には床から起き上がれなくなったそうです。ケイス医師やカーリウス婦人〔二人とも当時のロンドンで有名なやぶ医者〕が病床に訪れ、診察しました。この報を受け、私は日に三度、従者を送り、病状を尋ねさせておりましたが、昨日午後四時ごろ、もはや絶望との知らせを受けましたので、急遽私は彼を見舞うことにしました。不憫に思う気持ちもありましたが、正直に申せば、いささかの好奇心もありました。彼は私のことをよく覚えておりまして、突然の見舞いに驚いた様子でしたが、病床にあって可能な限りの謝辞を述べました。彼の周囲にいた人々によれば、数時間にわたって彼はうわごとばかり言っているとのことでしたが、私の見る限り、以前と同じく頭もはっきりしていて、しっかりと心のこもった言葉を話しており、不安や当惑の表情は見られませんでした。君がこのような憂うべき状況にあることは誠に遺憾の意に堪えない、などといった、その場にふさわしいようなお見舞いの言葉を伝えた後、私は彼に、君が死ぬとのビカースタフ氏の予言が公刊されたけれども、それが君の気持ちに大いなる影響を与えたのかどうか、率直かつ自由に話してくれないかと伝えました。彼が明かしたところでは、もちろん予言のことは頭にあったけれども、二週間ほど前まではまったく気にしていなかった、しかし二週間ほど前からはずっと気になって仕方がない、そして今となっては、その予言こそ、まさにこの病気の真因にほかならない、とのことでした。なにしろビカースタフ氏の言ったことはまったくのハッタリで、自分と同じく彼も今年起きることなど知る由もないということは、自分もよく分かっているのだから、と彼は語りました。そこで私が、それは驚きだ、なぜビカースタフ氏の予言がデタラメだと言えるのか、その理由を君がはっきり言えるくらい健康であればよいのだが、と言いますと、彼は答えて、自分は実に哀れな無学者、いやしい商売に身をやつしてきたが、占いによる予言などすべてはデタラメだということはよく分かっている、理由は明らかさ、だって、占星術に何か真理があるかどうかを判断できるほどの賢人学者はみな、もろ手を挙げて占星術を嘲笑し侮蔑しているではないか、無学な愚か者ばかりがこれを信じ、私や私の仲間のように文字の読み書きもおぼつかない連中の言葉を鵜呑みにしているだけのこと、と言うではありませんか。そこで私は、それではどうして君は、自分の星がどうなのか、あのビカースタフの予言に合うのか合わないのか検討しなかったのか、と尋ねますと、彼は頭を振って、ああ！　もう冗談を言っている場合ではなく、こうした愚かな行いを悔いる時なのだ、この私がもう心の底から悔いているように、と言いました。そこで私が、君の言っていることからすると、君が刊行した暦にある所見やら予言やらは、そうすると、みな、人々をだますだけのものだったのか、と問いますと彼は、そうでないとしても、とても請け合えないね、暦にはね、一般的な型というものがあってね、たとえば天気を予報する場合、僕らはそんなことには手を出さず、印刷屋に任せてしまうんだ、そうすると印刷屋は、古い暦から良さそうなものを適宜選び出すのさ、それ以外の予言は、暦が売れるようにと僕が考え出したものさ、食わせなけりゃいけない妻がいて、それ以外にパンを得る手がないのだもの、靴直しなんて稼ぎになりゃしない、だからさ（ここで彼はため息をついて付け加えました）、薬の方では占いほどイカサマを働いていないことを僕は願うばかりなんだ、祖母から受け継いだいい処方箋がいくつかあってね、僕自身もいろいろ調合したりしたけれども、少なくとも害にはなっていないようだから、と彼は語るのでした。

ほかにもいくつか私は彼と話をしましたが、もう覚えてはいませんし、ここまで読んでこられた閣下はすでにお疲れでは、と思います。ですから、付け加えさせていただくのは、一つだけ。病床で彼ははっきりと、自分は非国教徒であり、狂信的な説教師を魂の導き手とする、と語ったということであります。彼との会話は三〇分ほどだったでしょうか、私は暇乞いをしました。なにしろ彼の部屋は息詰まるような感じでしたから。もう長くはもつまい、と思いましたので、私はそばの小さなコーヒー・ハウスへ引き上げ、彼の家には従者を一人残して、パートリッジが息を引き取ったならばできるだけすぐに知らせるようにと命じておきました。それは二時間もたたないうちのことでした。時計を見ると七時五分。したがってビカースタフ氏は、四時間ほど計算違いをしたことが明らかですが、それ以外の点では、予言はほぼ正確に的中しました。もちろん、彼が同業でもあるこの哀れな男の死の原因であるのかないのかについては、議論の余地がありましょう。しかしながら、彼の死が偶然によると考えるべきなのか、それとも予言され彼の頭に残ったことが原因と考えるべきなのか、ということについて議論するのはさしたる意味がないように思われます。多くの方々はこんなことをあまりお信じにはなりますまいが、私としては、ビカースタッフ氏の第二の予言が当たるかどうか、いささかの期待を抱きつつ、じっと待ちたいと思います。その予言とは、大司教ノーアーユ枢機卿が四月四日にお亡くなりになる、というもの。もしそれが、この哀れなパートリッジの場合と同じく正確であることが確認されましたならば、正直申して私は驚愕し途方に暮れることになりましょう。ほかのこともすべて間違いなく的中すると考えざるをえないのですから。

ビカースタフ氏の正体判明、インチキ占い師を断罪する

医術ならびに占星術を学ぶジョン・パートリッジによる

わが連合王国の同胞諸君、このイギリスに生まれ、プロテスタントの信仰を持つ占星術師にして革命の理念を堅持し、人々の自由と財産を守らんとする者が、フランス人、ローマ・カトリック教徒、そして学者と偽る無学者たちに対して正当に異を唱えることは、決して、無為なことではありますまい。この連中は、わが名声を吹き飛ばし、まったく卑劣なやり方で私をいわば生き埋めにし、わが医術ならびに占星術において可能な社会への貢献を根こそぎだまし取ってしまったのであります。

公明正大なる読者諸氏は、私がどれほどひどい挑発を受けたか、そして、今ここに詐欺、無知、嫉妬の数々を列挙しなければならないのは、私自身を弁護するためであるにせよ、まことに苦渋の選択の結果であるということを、お分かりいただけると思います。しかしながらわが怒り、なんとしても抑えがたく、ついに、人知れず隠れているカークス〔ローマ神話に登場する怪物で、三つの頭を持ち口から火を吹

〔……く。牛を盗んだためにヘラクレスに絞め殺された〕をそのほら穴から引きずり出し、ヤツがまさに愚弄した星の光の下でその怪物の正体を暴いてご覧にいれたい。これほど人類に悪意と敵意を持ち、医術と占星術に無知なるイカサマ占い師はおりますまい。私はこのイカサマ占い師が犯した膨大な誤りをいちいち指摘し、またヤツが言っているバカバカしい事柄の数々を暴露するなどということは致しません。ただ、教養のある方々を未決の論争にしかるべくお招きし、私の言っていることの価値と正しさを一切の偏見を排してご判断いただくのみであります。

「アイザック・ビカースタフ氏による予言」云々という恥知らずな小冊子が出回ったのは、一七〇七年の暮れのことでございます。このイカサマ占い師、数多くの目茶苦茶な予言をしておりましたが、なかでも、多くの貴顕の人士の中からノーアーユ枢機卿と、それからこともあろうに私を勝手に選び出し、来るべき年には死ぬなどと嬉々として記したのであります。死亡の月日や時刻までまことに有無を言わせぬ調子でした。これは、高位の方々や広く知られた人物をもてあそび、宗教的なスキャンダルにしたり権力批判にしたり、ということなのだろうと私は思います。もし王族の方々や占星術師たる者も一般の人々に対してこんな憂さ晴らしをする必要があるというのであれば、聖俗を統べるさまざまな制度なども、もはや必要ありますまい。しかしながらこの私、星のめぐりのおかげで、ここにこうして生きて、実に大それたあのイカサマ予言に対峙し、今まさに、ヤツがこの私、すなわちしかるべく学識があり、こうした扱いに怒りを抑えられぬこの私を侮辱したことを後悔させようとしているのであります。枢機卿は枢機卿で、しかるべく処断なさるでしょう。卿は外国人であり、ローマ・カトリック教徒ですから、ご自身のことを私に依頼なさるとは思いませんが、ただ一つはっきり申し上げておくべきは、あの方も確かに生きておられるということ。ただあの方は学問があり文章の達人ですから、ご自身の弁護はご自身がお書きになるでしょう。ともあれ今は、あのイカサマ占い師の悪意ある予言のせいで私がこうむった災難を、皆さまに正確にお話ししておきたいと思うのであります。

＊

私、すなわち医術ならびに占星術を学ぶジョン・パートリッジに対するアイザック・ビカースタフ氏の予言に関わる事の顛末の実情報告

一七〇八年三月二八日夜、このニセ占い師が傲岸不遜にも私が死ぬと予言した日のこと。そんな予言を私はほとんど気にも留めていませんでしたが、家族に対してはわが身の安全を請け合うことがなかなかできません。妻はたいへん心配しており、八時から九時にかけてでしたで

しょうか、風邪の際に服用する発汗剤でも飲んで寝るようにと言ってききません。この時、私のベッドをあたためておりました侍女が、若い娘にありがちな好奇心から窓辺に行き、通行人に、いったいあれは誰の弔鐘なの？　と呼びかけますと、あの有名な暦作りのパートリッジ博士さ、今晩急死したらしいよ、と言うではありませんか。彼女は怒って、嘘つきね、と言っておりました。ところが別の落ち着いた通行人も、教会の寺男がそう言っていましたよ、もし嘘なら、見知らぬ通行人をだますなんてひどいな、などと言っています。彼女は通行人に次から次へと尋ねていましたが、答えはみな同じ。これらの通行人がみな、あの占い師の共犯とも思えないので、これはどうやら、あのビカースタフめ、辺りに触れ回ったに違いありません。ここで私が申し上げたいのはただ一つ、私が生きているという、まさにこの自明の事実だけであります。ただ妻は、こんなことのせいで、すっかり取り乱してしまいましたし、私自身も、この奇妙な事態にいささか不安を覚えていたことは確かです。すると今度は玄関の扉をノックする者がいます。侍女のベティが駆け下りて扉を開けますと、地味で謹厳そうな人物がいて、控えめに、こちらはパートリッジ博士のお宅ですか？　と尋ねるではありませんか。こんな時間にやってくるとはずいぶん注意深い町の患者だなと思った彼女は、彼をダイニング・ルームへ招き入れました。気持ちを落ち着けて私が会いに出ていくと、なんとこの紳士、二又定規を手に食卓の上へあがり、壁の長さや部屋の寸法を測っているのです。私は尋ねました、お邪魔するつもりはありませんがね、何かご用ですか？　すると彼は、すみませんが、侍女に灯りを持ってくるよう言っていただけませんか、どうにも暗くてかないません、と言う。私がパートリッジですよ、と言うとこの紳士、ああ、博士のご兄弟ですね、おそらくあの階段とこの二部屋あれば、ご葬儀には十分でしょう、ほかの部屋の周りには花輪を飾りましょう、などと大声を上げているのです。さらに、博士は裕福でいらしたでしょうな、このところ商売の方も調子がよかったようですからな、もし家紋をお持ちでなければ、わが社の忌中紋章をご利用いただけます、なかなかの見栄えで、まるで王家の血筋を引いていらっしゃるかのような立派なものです、などと言う。これにはさすがに私も腹が立ち、いささか威厳をもって、いったい誰の差し金でここへ来たのか、と詰問したのですが、彼は、いえ旦那、葬儀屋からですよ、お亡くなりになった博士の遺言執行人でいらっしゃる誠実な紳士に雇われているんですよ、遺体運搬人はだらしないから、黒い服を着て燭台を持ったまま寝こけているんでしょうな、そうでなければヤツもここにいて、今ごろは棺桶の鋲を留めていなけりゃならないんだが、などと言っております。私は彼に、お願いだから即刻出て行ってくれ、と告げました。それと言うのも、はっきりと分かる妻の怒声を耳にし、その声のする部屋の隅に置いてある棍棒に何者かが触れているのが分かったからです。おまえさんがここに来た理由が妻に知れたなら、お前さんがたいへんな目に遭うのは、星の動きを確かめずとも断言できる、と私は言いました。すると彼は、たいへんうやうやしくお辞儀をして、承知しました、博士を失ったお悲しみ、いかばかりかと存じます、そのせいで今は少し取り乱しておられるのでございましょう、明朝、すべて準備を整えてお待ちしております、などと答えました。ビカースタフ氏などとは申しますまい。あるいは、どこぞの星占いが予めわが遺言執行人をたぶらかしていたとも言いますまい。ただ私は皆さまのご判断に委ねたいのです。こうした事態をお考えいただければ、どれほど見当違いであるのかは、もはや自明でございましょう。

さて、もう一度玄関を閉めて床に入り、とんだ騒ぎの後なので少しゆっくり休みたいと思っておりました。ところが、ちょうど私が灯りを消そうとすると、また玄関の扉を思いっきり叩く音がします。窓を開けて、誰だ、何用か？ と尋ねると、寺男のネッドがいて博士が何か葬儀について言い残しておいたことがあるか訊きにまいりました、ご遺体はどちらへ葬りますか、お墓は並製、それとも煉瓦づくりにしますか、などと言うものですから、私は、こらっ、お前は私のことをよく知っているだろう、私は死んでなんかいないぞ、そんなことを言って私を怒らせるつもりか、と言いますと、ヤツは、ああ旦那さま、どうしてって、あなたがお亡くなりになったと新聞にも書いてありますし、町中が知っていますよ、建具屋のホワイトさんはちょうど今あなたの棺桶をネジで留めているところでして、もうすぐここへ持ってくるでしょう、遅れて申し訳ないと言っておりますが、などと答えるのです。この野郎、明日になれば私がちゃんと、この通り生きているということが分かって泣きを見るぞ、と私が叱りつけますと、いやあ不思議なことでございます、旦那さまはいったいどうして、お亡くなりになったということを、私どものような隣人にも秘密にしておいでなのですか、教会から葬儀代をくすねようとしているかに見えますよ、神様のおかげでこれまで生き永らえてきたのですから、そんなことをしては無作法というものです、などとこの寺男は申します。すると、彼のそばにいたごろつきめが、しーっ、静かに、博士の遺体をしっかりと布にくるむんだよ、もう喪服を着た弔問客一行が来ますからな、旦那も、そんな窓辺に立ってみんなを怖がらせようなんてしてはいけませんよ、もう三時間も棺桶に入っているはずなんですから、などと言いました。それからというもの、つまりは、葬儀屋やら遺体保存師（エンバーミング）やら棺桶屋、寺男、それから、亡くなった医師にして占星術師に捧ぐなどという、実にいまいましい弔歌売りなどもやって来るわで、もうこの夜は一睡もままならぬばかりか、片時も休む暇がありませんでした。あの不埒な占い師はきっと、そんなことはまったく自分には関係ない、私はよき人間にしてなんにも知らぬ、と言うに決まっています。ですが私は断じて申し上げたい、誠実なるアイザック・ビカースタフよ、貴様は、あの晩、通りを歩き回り、床に入っていた善良なる人々を攪乱させたごろつきどもの共犯者であるようなことは、よもやあるまいと。だが、世間がみな無知だと思うなら、貴様ももう終わりだ。このジョン・パートリッジ、グラッブ・ストリート〔三文文士が集まっていたロンドンの通りの名前〕あたりにならず者のにおいを感じる。ヤツは屋根裏にて喜びの極み、自ら「氏」などと称して実にいまいましい。しかしここでは、ともかく怒りを抑えて話を続けることに致しましょう。

それから三か月というもの、私は外に出れば必ず人から、おや、パートリッジさん、棺桶代がまだですよ、とか、お医者さん、人はお墓代を払わずに生きていけるものですかね、今度お亡くなりになる時にはご自分でネッドに弔鐘代をお払いくださいな、などと話しかけられる始末。私のことをひじで突いて、葬儀代を払わずに逃げ出すとはいかがなものか、と言う者もあれば、ああ神様、あれこそまさにわが旧友の誠実なるパートリッジ医師、お亡くなりになるとは悲しいかな、と叫ぶ者もある。もしもし、あなたは私が以前、いろいろ個人的に診察していただいたお方にたいへんよく似ておられるが、あああの方の肉体はもはやこの世のものではないのですね、と話しかけてくる者もいれば、見て見て、と私のことをじっと見つめたあげく、あの占い師だったわが隣人は、墓場から抜け出して来たんだよ、またこの世で星を眺め、あの世を旅してきてからどれくらい占いが向上したかを見せたいがためにね、などと言っている者もいました。

それだけではありません。わが教区教会の平信徒の読師は、実に善良で真面目な思慮分別のある人物なのですが、二、三度私のところへ使いを送ってきて、いま一度丁寧に埋葬したいから教会へ来るように、さもなければ、しかるべき理由書を送るように、などとおっしゃるのです。もしほかの教区へ異動したのなら、法に則って私の証明を持っていくように、などとも言われる。わが妻も、かわいそうに、パートリッジ未亡人などと誤って呼ばれるものですから、すっかり取り乱しております。しかも節季に一度は遺言執行状を取りに来るようにと裁判所に呼び出される始末。ですが、最もしゃくに障るのは、拙宅とは目と鼻の先でつまらぬやぶ医者が私と同じ稼業を始めたばかりか、注目印の☞を付して、自分は革職人にして医師、占い師であった天才、故パートリッジ氏の家に住む者なり、という貼り紙まで出しているということであります。

それぱかりではない、嫉妬やら悪意やら恨みやらに駆られた人間の悪意というものが、どれほど卑劣なことをするのかをお示ししましょう。私に敵意を抱くこの匿名の人間は、石工屋に私の碑を作らせ、教区教会にそれを建立しようとさえしたのです。ヤツのこのなんともひどい、しかも金のかかるたくらみは、あやうく成功しかけたのですが、私は最大の注意を払っていましたので、さるお二人の方々が、私は生きている、との声を教会事務所になんとかお伝えくださり、事なきを得ました。ところがこの企てが失敗すると、今度は、長い長い黒の哀歌が届けられたのです。砂時計やら鍬、櫂、鋤、髑髏などでびっしりと飾られ、明らかに私と私の仕事に悪態をついた墓碑銘がついていました。まるでこの私は、ここ二〇年間も埋められていたかのような調子なのです。

これほどひどい目に遭っているのですから、いったいこの一英国人たるわが身はこれから自由に行動できるのか、わが栄えある旧友が力強く主張した自由と財産の権利はどうなっているのか、と問うても世間から非難されるにはあたりますまい。わが国はローマ・カトリックを追い出しましたし、奴隷制度はよその国々の問題と考えておりましたが、学問だけはどうやら隷属状態に置かれているのです。学問的にも人物的にも優れ、日々精進して社会に貢献している一人の人間が、まさにそのただ中にあって公然と侮辱されるのですから。広く認められた占星術師が無学なイカサマ占い師にとことん嘲笑され、野太い声で暦を売り歩く愚劣な行商人の一群からどなり飛ばされるなどという話をかつて聞いたことがおありですか？　トルコやアルジェリアでさえ、そんなことはありますまい。私は暦を刊行し、広告をそれに載せております。牧師さんや教会委員の方々から、私は確かに生きているという証明をいただいておりますし、このことを裁判所で宣誓も致しました。それにもかかわらず、「ジョン・パートリッジの臨終および埋葬の詳細にして正確なる記録」なる文書が出されたのです。もはや真実はねじ曲げられ、証拠は黙殺、実直な方々の証言も侮辱され、その結果、一人の実在している人間が、隣人からは七年も前に死んだかのごとくに見なされ、友人知人の目の前で生き埋めになっているという次第なのです。

常識のある方であれば、栄えある占星術の心得を持ち、権威ある学者と比べてもそれほど劣らぬ人間が、自分の家の玄関先で、「生きているぞ！　生きているぞ！　おい！　有名なパートリッジ医師だ！　うそじゃない、生きているんだ！」などと叫んでいる姿は、とても考えられないでしょう。黄道一二宮のそれぞれにいる天空の怪物たちを自宅でご覧に入れるために叫んでいるとか、お金がないために、押しかけてくる商人たちをメイ・フェアやバーソロミュー・フェアに追い返さざるをえないから叫んでいるとか、まるでそんな調子なのですから。ですから、もし女王陛下〔当時のイギリス国王であるアン女王のこと〕が、この困窮した状況にいささかの思し召しを与えてくださるなら、そしてまた次期の国会で、賢明なる諸氏が、毎年祝賀の詩を献じているこの老学者の嘆かわしい事態に一瞥をお与えくださるなら、必ずやアイザック・ビカースタフ氏なる人物はすぐさま縛り首になるであろうと考えております。なにしろ、血なまぐさい予言をし、多くの善良なる臣民を恐怖に陥れ、さらには一人の人間を予言によって抹殺し、どこぞの貴族様か平民宛かは分かりませぬが、ともかく公開書簡によってこれを葬り去ったのですから。これはもう、街道で追いはぎを働いたり、寝ている人間ののどを掻き切ったりしたも同じこと、法に照らして即刻タイバーン送りにしていただきたい〔ロンドンのタイバーンは当時、死刑執行場として名高かった〕。

　賢明なる諸氏に最後に申し上げておきたいことは、私に対するこのひどい陰謀の裏には、フランスおよびローマがかかわっているということ、つまり前述の犯人は、ローマ・カトリックの密命を帯びており、フランスのサンジェルマンを訪れたことがあって、今ではルイ一四世の策謀を担っているということであります。私の名声を傷つけることによって、わが王国の学問を全滅させ、わが方を通じて、この世のすべてのプロテスタントの暦作りに一撃を食らわせたということなのであります。

アイザック・ビカースタフ氏の弁明
一七〇九年の暦に記されたパートリッジ氏の反論に応えて

件のアイザック・ビカースタフ氏自身の手による

パートリッジ氏は最近、今年の、いちおう暦などと呼ばれている彼の著書の中で、私のことをこき下ろされた。このような扱いは紳士間のやり取りとしてはあまりにも礼を欠くことであり、真理の発見に何ら資するところはない。学問の世界でのつまらぬ論争はただちにやめるべきである。そもそも、自分とは違って思索的だからということだけで、人のことを「愚か者」とか「悪人」とか「生意気なヤツ」などと呼ぶのは、学のある方にしてはいささか不適切ではないかと愚考する。私の昨年の予言に、彼をそれほど怒らせるようなことがあったのかどうか、私は広く学問の世界に問いたいと思う。学者の見解というものは時代によってさまざまに異なるが、思慮分別のある学者の意見の違いは、いつも学者としてふさわしいものであった。学者同士の論争で情に任せた下品な言葉を使うのは、まったく意味のないことであり、せいぜい自らの論拠の弱さを暗に示しているだけのことにすぎない。私が心配しているのは、私自身の名誉が傷つくということではなく、むしろ彼が私のことを通じて熱心に傷つけている学問共和国と言うべき世界の名誉のことである。公のことを考える人物がその高潔な言動を傲岸不遜に扱われるとしたら、真に有用な知識が進歩することなどありえようか。海外の大学では氏の卑劣な行いがどのように思われているのか、パートリッジ氏が少しでもご存知であればと私は思うが、氏の名誉を傷つけてはとも思うので、ここで明らかにするのは差し控えたい。わが国の才ある若手を次々に蹴散らしてしまう嫉妬や高慢という心の働きについて、実は海外の教授方にはあまり知られてはいない。私のもとには、私の行動を賞賛する一〇〇通近くの書簡がヨーロッパ各地から（遠いものではモスクワから）届いているということを申し上げても、なにしろこの際、私の正当性を明らかにしておきたいのでうぬぼれだなどと非難はされますまい。そのほかにも、信ずべき筋から聞いたところでは、郵便局で開封され直接私のもとには届けられなかったものも数通あるという。[*2] たしかにポルトガルの異端審問などでは私の予言を焚書処分とし、[*3] その著者と読者の罪を宣言したというが、それとともにご一考願いたいのは、かの王国では目下、学問がなんとも嘆かわしい状況に置かれているということである。さらにまた、王族の方々への深甚なる敬意からあえて付け加えておきたいのは、権威を傷つけられるとしてポルトガルの国王陛下が憂慮されていることは、まさに強固なる同盟国である国の臣民である学者や紳士の声を代弁してのことにほかならないということである。もっとも、ヨーロッパの他の王国、諸国にあっては、私の予言をまことに公正かつ寛大にお考えくださっている。もし私が、海外各地から送られてきたラテン語の書簡を公刊するならば、それはゆうに一冊の書物となり、それは、パートリッジ氏をはじめポルトガルの異端審問に関わる連中が唱えるあらゆる反論にも十分にまさるわが弁明となるであろう。なにしろ私の予言に異議を唱えたのは、国内外において、この連中だけなのだから。だが私は、このような繊細な点に関して、学識ある諸兄の名誉にどう応えるべきかは心得ているつもりである。ただ、こうした方々も、私が一つ二つ、自らの弁明をしてもおそらくはお許しくださるであろう。最高の学識をお持ちのライプニッツ氏は、私への第三の書簡で次のように書いておられる。「占星術の基礎を築かれた高名なるビカースタフへ」云々[*4]。また、ル・クレール氏〔ジャン・ル・クレール（一六五七―一七三六）は実在のスイスの聖書学者〕は、昨年出版された自らの論考において、わが予言を引用しつつ、「したがってビカースタフこそは今日、イングランドの輝ける星である」、といった具合である。また、「英国人ビカースタフこそは、現代占星術のプリンスである」とした高名な学者もいれば、イタリアはトスカナ公爵図書館の優れた館長でいらっしゃるマーリャベッキ氏〔アントニオ・マーリャベッキ（一六三三―一七一四）、実在の人物〕は、私への賞賛のみを書き記した書簡を送ってこられた。なるほどユトレヒトの有名な天文学者は、ある論文で私と異なるかのような見解を示されたが、それは学者らしい控えめなやり方においてであった。「優れた方に申し上げるのははばかられるが」と記した後、わが予言書の五五頁を指摘し、それが印刷屋の誤植であろうと推測して（実際そうなのだが）、「ビカースタフはほかの点では申し分のない記述をしているのだから、印刷屋の間違いではあるまいか」と述べる、といった具合である。

もしパートリッジ氏もこのような議論のやり方に則しておられたならば、私もわざわざこんな弁明を公にする手間を省けたと思う。私くらい、自分のミスを進んで認めようとしたり、またそれを教えてくれた人に謝意を表したりする人物はまずいないからだ。だが氏は、自らの学問を高めようとするのではなく、自分以外の人間による試みには、まるで自分の縄張りを侵されたかのような見方をなさるのである。実際、氏はたいへん賢明でおられるから、私の予言の数々が真実であることに、ただ一点を除き、異を唱えてはおられない。その一点とは、すなわち氏自身のことである。ああ、人間とは、自身のこととなると、なんと無知になることか。私はしかと読者に申し上げたい。氏の身の上に関する私の予言に対する反論は、実は氏自身からのものだけであって、そのことを考えただけでも、氏の反論に意味はないということになるのではあるまいか。

私も最大限の努力を払って諸方にあたってはみたが、昨年のわが予言に対する反論は、二つを超えるものではない。一つは、あるフランス人によるもので、彼は、「ノーアーユ枢機卿は、ビカースタフ氏の偽予言にもかかわらず、なお生存」なる書を刊行した。だが、敵国フランスの人間で、ローマ・カトリックの信者の言うことが、わが国の政府に忠実な英国人プロテスタントの言うこととくらべてどれほど信用の置けることであるかは、公明正大なる読者のご判断に委ねたいと思う。

そしてもう一つの反論こそ、パートリッジ氏が一七〇八年三月二九日に頓死すると私が予言に記したことに関するもので、今ここに弁明を記している不幸な原因となったものである。氏は今年の暦の中でこのことに反駁し、先に述べたような紳士にあるまじきことに無礼な言い方をされたわけである（こんな表現をお許しいただきたいものだ）。この暦の中で氏は、自分は今生きているばかりか、死ぬと予言されたあの三月二九日も同じように生きていた、などとあからさまに述べておられるが、まさにこのことこそわれわれの議論の核にあたるものであり、私は簡潔にして的確、かつ冷静に扱いたいと考えている。というのもこの論争には、わが国のみならず全ヨーロッパの関心が集まっているからであり、各国の学者諸兄は、間違いなく、道理と真実の存する側に味方すると思われるからである。

まずは、氏の死をめぐる顛末に関わる議論ではなく、ただパートリッジ氏は今、生きてはおられぬ、ということだけを証明しておきたい。私の第一の論点は以下の通りである。すなわち、氏の今年の暦を購入された一〇〇〇人以上もの諸氏は、その中にあるのは、氏が私に対して異を唱えた文章だけであるということに気づかれるであろう。そして一文一文読み進めるたびに、その読者は誰もが目を上げ、怒りと笑いの入り混じった叫び声をあげないわけにはいかなくなる。今生きている人間であれば、こんなつまらぬものを書くなんてありえない、というように。こういう見方に対する反論を、実際私は耳にしたことがない。したがってパートリッジ氏は、目下、自らの暦は自分のものではないと認めるか、もしくは今生きていない、ということを認めるかのディレンマに苦しんでいるということになる。ここでお考えいただきたい。かりに何も知らぬ遺体がまだ街中を歩き回り、これこそパートリッジ自身である、と喧伝しているとしても、ビカースタフ氏はこのことには何の責任もないということだ。遺体のそばをたまたま通りがかった哀れな少年が、「パートリッジ医師の臨終の顚末」云々と叫んだとしても、件の遺体にこの哀れな少年を打ちのめす権利はない。

私の第二の論点は、パートリッジ氏が運勢を予言すると称して、損失を償おうとしていることと。これは教区の人々がみな言っていることで、どうやら氏は、悪魔をはじめ他の悪霊たちと話を交わしておられる様子。実際、彼が亡くなってからというもの、まともな人で彼と会話したことを認める人など誰もいない。

第三に、氏が出版した今年の暦の中の、まさに自分は生きていると述べている箇所から、私は氏が亡くなっていることを明らかにしたいと思う。氏は、自分は今生きているばかりか、死ぬと予言されたあの三月二九日も同じように生きていた、と記しておられるが、このことから、今生きている人間が一二か月前には生きていないということがありえる、ということを氏自身が公言しているのである。これはまさに詭弁だ。氏は、三月二九日からずっと生きているとは、敢えておっしゃらず、ただ、今は生きている、そしてその日も生きていた、とだけ言っているのである。確かにあの日、氏が夜までは生きておられたのは、さる閣下宛の書簡文書に記された氏の臨終の顛末記にもある通りなので、その日に生きていた、ということは認めてもよかろう。だがその日から氏がずっと生きていたのか否かは、広く読者のご判断に委ねたい。ともあれこれは、まったく揚げ足取りのようなことなので、これくらいにしておこう。

第四の論点、これはパートリッジご自身にうかがいたいものだが、いったい私が、ただ一つだけインチキとされるようなものを以て、わが予言を始めるなどということがありえるかどうか、ということである。しかもこれは国内のこと、私はいくらでも予言の正しさを確認する機会を持ちえたわけであるし、パートリッジ氏ほどの見識、学識をお持ちの方であれば、私への反論などたやすくできたはず。なにしろ氏がひと声上げれば、真実も予言もねじ曲げる多くの声が上がって、私など救われる見込みはまずないのだから。

最後に申し上げておきたいのは、件の閣下宛書簡に氏の臨終の顛末を記した著者への批判である。というのもこの著者は、氏の臨終の時刻を私が四時間ほど間違えたとしているのだが、正確さを装い、私が気にしそうなことを正確無比なる著者が取り上げるといった体裁を取ってはいるが、私としてはこのようなことを少しも気にしてはいないのである。私はあの折、ロンドンを留守にしていたものの、正しい情報を知りたいと思う私の友人数名が（というのも私自身は何の疑いも抱いていなかったので、本当かどうか知りたいなどとは考えなかったのだが）、君は半時間単位で計算していたのだね、などと連絡してきた。（実のところ）私はその程度の誤差は、大騒ぎするほど重大だとは考えていないのである。だからこの著者には、今後、ご自身の名誉と同じく、他人の名誉についてももう少し寛大になってほしいと願うばかりである。今後このような間違いがないに越したことはないが、過去の私の予言でそういう間違いを見つけた折には、もっと率直に教えていただきたいものである。

もう一つ、パートリッジ氏の死をめぐる反論で、ごくささやかに提起されたものながら時折私も耳にすることがある。それは、氏が今なお暦を書き続けているのではないか、というものである。だがこうしたことは暦作りなどにはよくあることで、ギャドベリーにせよ、哀れなロビンにせよ、ダヴにせよ、ウィングにせよ〔いずれも死後、その名を冠した暦が実際に刊行され続けた〕、その他数名にせよ、先の革命以降亡くなった人物による暦が毎年刊行されている例は幾つかある。その事情は分からないでもない。他の種類の作者であれば、死後にその名前が生き続けることはありえるのだが、暦作りだけはそうならないからである。彼らの著作は、時々刻々の出来事を扱っているので、それが過ぎれば何の役にも立たない。つまり時の記述者である暦作りに対して、時が、死後もその著作が続くよう逆に猶予を与えたというわけである。

貸した覚えもない人々にわが名を勝手に使われることさえなければ、これ以上、このような弁明に煩わされるのは、読者諸氏にとっても私自身にとっても望ましいことではない。だが、ほんの数日前にも、そういう連中の一人が、新しい予言を出してそれを平気で私のものであるとした。これはあまりにもひどいことなので、私としては軽々に扱うことはとてもできないのである。思索と観察を重ねに重ね、真剣に検討したいという方々のためにだけと思っている私の仕事をたねに、そこら辺の行商人がやかましく売り歩くのを目にすると、私はもう堪えがたい心の傷を感じる。世間がまずそれによって欺かれるので、わが友人の中にも、君は冗談を言っているのかね、などと真面目に問う者がいる。それに対して私は、実際の出来事をご覧あれ、と答えるのみだ。だが、最も大事なことを一笑に付してしまうのは、わが国の昨今の慣わしのごときもの。一年が終わってわが予言の正しさが証明されれば、今度は、パートリッジ氏の暦、その死を論ず、などというイカサマが出る始末。私は、魔法使いが敵を生き返らせたため、二度までもこれを打ち倒さねばならなくなった将軍と同様という次第。もしパートリッジ氏が魔法使いよろしく自らを生き返らせたというのなら、ずっとそうなさるがよかろう。そうだとしてもわが予言の正しさは少しも損なわれることはあるまい。氏が私の予言からせいぜい半時間の内に亡くなったということを、私はもう明白に証明したのだから。先述のさる閣下宛書簡の著者が、わが信用を吹き飛ばすべくささいな誤差をことさら悪意を持って騒ぎ立てたが、それでもせいぜい四時間の範囲の内に、氏は確かに亡くなったのである。

英国の魔法使いマーリンの有名なる予言

──一七〇九年について、一千年以上も前になされしもの

T・N・フィロマス[*5]による注釈つき

アイザック・ビカースタフ氏とかいう人物が書いた予言書が昨年出版されたが、その真意たるや占星術を嘲笑し、その師匠たちを無知ないしはイカサマと暴き立てるものにほかならず。この汚名をそそぐべく、パートリッジ博士は昨年、自らの暦において、きわめて学問的に自らの予言を弁じておられる。

広く知られた占いの正しさをさらに弁護するには、以下の予言を世に示すことが妥当であると私は常々考えてきた。その原典は、一千年ほど前の、かの有名なマーリンによるものと言われている。またその翻訳は二〇〇年ほど前、すなわちヘンリー七世の治世の終わり頃に記されたようだ。私はこれが、一五三〇年、ロンドンでヨハン・ホーキンズなる人物によって印行されたマーリン[*6]の予言書の古い版本の三九頁にあるのを見つけた。そこで私はここに、その予言

を一語一語、旧字体のままで示し、若干の注解を加えることにしたい。

九に加えて七と一〇
フランスの、これは嘆かわしき兆しなり。
テムズ川が二度も凍りつき
長靴なしでは歩行もかなわず。
そこで我が輩、讀み解きしは、
肥えた土壌で知られる街にて、
羊飼いの首長が、己の出生地である
フランスのことを悲しんだということ。
さらには魚がボスのことを嘆くが、
緑の果實もその缺を埋められず。
若きシムネルの企て、またも失敗に終わり、
ノルウェイの誇り、またもや結婚。
花をつけた木からは、
豐かな實りがあって、萬事よし。

レウムは手を携えて踊り、
古きイングランドに幸いあり。
そののち、古きイングランド、もはやなし、
これを悔やむ者もまた、見當たらぬ。
ゲリオン、再び、三つの頭を持つが、
やがてハプスブルクがこれを二つに統合。

注解

七と一〇：この行はこれから述べる出来事が起きる年を示したもの。七と一〇とは一七であり、したがって一七〇〇、これに九を加えればちょうど今年になる。なおこの暦は一年の始まりを一月一日とする〔当時イギリスでは、三月二五日が一年のはじめとされていた〕。

テムズ川が二度も……：テムズ川が一年で二度も凍りつき、人々はその上を歩いて行けるということで、これこそまさに、それまで数百年にわたってなかったようなことが起きる予兆。占い師の中にはこの占いを信じない者がいるが、それはテムズ川が二度も凍りつくなどわが国の気候においてはありえないと思っているからにほかならぬ。[*7]

肥えた土壌で知られる街……：これはモールバラ公爵を示す。大地を肥やす成分の一つに「モール」（泥灰土）があり、また「バラ」が街の意味であることは誰もが承知している。このような言い方は、古占星術に見られる謎めいたやり方を踏襲したものである。

さらには魚が……：「魚」とは「フランス皇太子」のことで、国王の長子がそう呼ばれる（フランス皇太子が一七〇八年に亡くなるということをビカースタフは予言していた）。ここで言われていることは、フランス皇太子が「ボス」と呼ばれるバーガンディ公を失ったことを嘆くであろうということ。「ボス」とは古い英語で「背中のこぶ」とか「せむし」の意。公爵はまさにそうであったという。予言の意味するところは、この公爵が敵に負ける、もしくは殺害される、ということのようだ。次行の「緑の果實」とは、皇太子の三男である若きベリー公のこと。彼は長兄の死を補うだけの武勇にも運にも恵まれなかった。

若きシムネル……：「シムネル」[*8]とはわが国の僭皇太子のこと。彼が何かわが国に敵対するような企てをすれば、以前と同様、失敗するであろう。ラムバート・シムネルとはわが国の歴史に登場する若者の名で、（私が覚えているところでは）エドワード四世の息子を騙った人物であったと思う。

ノルウェイの誇り……「ノルウェイの誇り」[*9]が誰のことなのか不明。ひょっとすると読者の中には、次の二行と併せて推測される方がおられるかも知れない。

レウムは……「レウム」とは今日の「レルム」、すなわち諸王国の古い呼び方。これはわが栄えある連合王国のことをはっきりと予言したもので、国運ますます隆盛。「古きイングランド」がもはやなしと付言されているが、これを悲しむ者は誰もいない。実際、正確に言えば、イングランドはもはやない。ブリテンの名のもと、全土が一王国になったのだから。[*9]

ゲリオン……この予言は、やや曖昧ではあるが、見事に内容を示すことができる。「ゲリオン」とはスペインの王でヘラクレスに殺されたと言われている。古代の詩人たちの話によれば三つの頭を持つとされるが、この占いの主は、それが殺されてもまた再び三つの頭を持つとしている。つまりスペインは三人の国王を持つであろうということであり、その正しさは現状が示す通り。すなわち、本来スペインの一部と言うべきポルトガルの王に加え、スペインに対抗するカールとフェリペなる二人がいる。もっとも、オーストリア王家の祖であるハプスブルク伯の血を受け継ぐカールは、フェリペを倒してこれをスペインから追い出し、三つの頭を二つに統合するであろう。[*10]

これらの予言の幾つかはすでに現実のものとなっており、ほかの部分もやがてはその通りになる可能性がきわめて高い。私はこの注解において、それぞれの語が自然に表す意味を示しており、いささかも歪曲したりはしていないつもりである。そうお認めいただけるなら、この予言の作者が（それが誰であれ）たいへんな賢人であるということもご了解いただけよう。これほどまでに完璧の域に達した占星術は、どう見ても侮蔑されたりするようなものではない。たとえビカースタフ氏やほかの軽佻浮薄な紳士方がどう思われようとも、である。もちろん私は、もともとマーリンによって記されたこの詩行の言い伝えをことさら重視しているというわけではない。しかしながら、今私が書き写した本が一七〇年前に確かに刊行されていることはタイトル・ページを見ても明らかであり、この詩行が作り物ではないということを示すものと言えよう。それでもなお疑われる方々や、もっと詳しく知りたいと思われる方々のために、私は、まさにこの書物を本冊子の印刷屋に送り、なにしろ稀覯本なのだから、見たいと思う方々には自由に閲覧してもらうようにと指示しておくつもりである。

訳注

＊1――ウェルギリウスの『牧歌』（第四歌、三四―三五行）からの引用。ただし原文では「テティス」（海の女神）ではなく、「ティピュス」（水先案内人）となっている。

＊2――スウィフトは、特に諷刺作品に関する賛意や賞賛を記した自分宛の手紙が郵便局で差し止められているのではないかと常に危惧していた。

＊3――「（焚書処分になったというのは）事実である」と、スウィフトは一七三五年刊行の全集版において自ら注釈を付けている。

＊4――スウィフトは自ら、「ここに挿入されし引用は、チャールズ・ボイル、後のオルレイ伯爵との有名な論争の一部に見られるベントレー博士の言い方を模倣したもの」との注釈を施している。「有名な論争」とは、ファラリス書簡をめぐるいわゆる古代・近代論争のことで、スウィフトはこれを『書物戦争』（一七〇四）に描き、ベントレーの近代派を諷刺した。すなわちビカースタフを称揚するこの引用は、同時に、ビカースタフの尊大さを諷刺するものでもある点に留意したい。

＊5――「T・N・フィロマス」は、天文学その他の学問に通じた博識の学者の名前として、当時の暦のタイトル・ページなどによく使われた名称である。

＊6――マーリンはアーサー王伝説に登場する魔法使いの予言者。近代に入っても、暦書のタイトル・ページなどにその図像が印刷されることは少なくなかった。「一五三〇年、ロンドンでヨハン・ホーキンズなる人物によって印行された」とあるのは、同年に刊行された有名なフランス語の文法書（印行はヨハン・ホーキンズ、ロンドンで刊行された）にスウィフトが言

及したものではないかとされる。もっともスウィフトの原文では、例文に旧字体（黒文字、ひげ文字）が使われているが、実在の文法書の方は普通のローマン体が用いられている。

＊7――一七世紀から一八世紀にかけて、テムズ川は冬、しばしば凍結することがあった。特に一七〇八年から翌九年にかけては厳しい寒波に見舞われ、三週間も凍結していたという。

＊8――ラムバート・シムネル（一四七五頃―一五三五頃）は、エドワード四世（一四四二―一四八三）の息子と称し、「エドワード六世」を僭称した。この箇所では、名誉革命によって追放されたジェイムズ二世（一六三三―一七〇一）の息子で、父の死後、「老僭王」と呼ばれたジェイムズ・フランシス・エドワード・ステュアート（一六八八―一七六六）が、スコットランド王位の奪還を企てて一七〇八年に起こした反乱の失敗のことに言及したものと考えられる。

＊9――「ノルウェイの誇り」とあるのは、当時のイギリス国王であったアン女王（一六六五―一七一四）の夫であったデンマーク皇子ジョージと推測される。デンマーク国王は当時ノルウェイ国王を兼ねていたからだ。「古きイングランド、もはやなし」とは一七〇七年に、イングランドとスコットランドの議会が統合された、いわゆる「ユニオン」（合同）のことを指すものであろう。

＊10――この箇所は、フランス・ブルボン王家の血を引くフェリペ五世が、フランスのルイ一四世の支持を受けてスペイン国王に就いたことで、フランスの勢力拡大を阻止しようとするイギリス、オーストリア、オランダなどの連合軍とフランスとの間に生じたスペイン継承戦争（一七〇一―一七一三）に言及したもの。フランスは苦戦し、イギリスは戦後、フランス、スペイン両国から海外植民地の多くを獲得することになる。

Ⅱ ドレイピア書簡

A

LETTER

TO THE

Shop-Keepers, Tradeſmen, Farmers, and *Common-People* of *IRELAND,*

Concerning the

Braſs Half-Pence

Coined by

Mr. Woods,

WITH

A DESIGN to have them Paſs in this KINGDOM.

Wherein is ſhewn the Power of the ſaid PATENT, the Value of the HALF-PENCE, and how far every Perſon may be oblig'd to take the ſame in Payments, and how to behave in Caſe ſuch an Attempt ſhou'd be made by WOODS or any other Perſon.

[Very Proper to be kept in every FAMILY.]

By M. B. Drapier.

Dublin : Printed by *J. Harding* in *Moleſworth's-Court.*

「ドレイピア書簡」(第1書簡、1724)のタイトル・ページ

アイルランドの小売店主、商人、農民、および一般市民への公開書簡
わが王国での流通を意図して鋳造された
ウィリアム・ウッド氏鋳造の半ペニー銅貨をめぐって（第一書簡）

この特許の効力、半ペニー銅貨の価値、どこまでこの銅貨を支払いに使わねばならなくなるか、ウッド氏もしくは他の誰かがこの企みを実行に移した場合にはどのように対処すべきかを示したもの。各家庭に常備のこと。[*1]

M・B・ドレイピアによる

わが同胞のみなさん

これから皆さんに申し上げたいことは、皆さんの神へのお務め、ご自身や子供たちの魂の救済に関わる最も重要な問題に次ぐもの、すなわち、皆さんの衣食、生活必需品に関わることでありますす。ですから皆さんには、キリスト教徒として、親として、また国を愛する者として、

この拙文を熟読玩味する、あるいは人に読んでもらう時にはよく耳を傾けていただくことを強く願っています。皆さんがお金をかけずにそうできるよう、印刷屋には最低価格で販売するよう指示しました。

ある人物が、純粋に皆さんのために良かれと願ってものを書いているのに、その助言を読もうとしないとすれば、これは皆さんのたいへんな過ちです。この拙文は、一部あれば一二人のためになる、ですから一冊あたり一ファージングもしないということになります。[*2]皆さんが、そう、最も賢明な方でさえ、広くものを見る目を持たず、皆さんにとって誰が友であり、また敵であるのかを知らない、あるいは知ろうともしない、気にもしていない、とすれば、これはたいへん愚かしいことと言わねばなりません。

四年ほど前、わがアイルランドで作られた服を身に着けるように促す小冊子が書かれました。そこには、国王陛下や議会を、あるいは特定の人物を批判するような意図など少しもありませんでしたが、この冊子の印刷屋は、かわいそうなことにそれから二年間、訴追されて辛酸をなめる仕儀となりました。[*3]なんと織工たちさえも、この小冊子は彼らのために書かれたものであるのに、「陪審に基づき、この印刷屋を有罪とする」などと言い出す始末。皆さんのために良かれと思うことをしようとする者を、無視したり、苦境に追いやったり、あるいは、こうした者が自分自身に降りかかる危険、つまり罰金を科されて牢屋に閉じ込められ、おそらくはそのまま破滅などとしか考えられないようでは、誰もそんなことはしなくなってしまいます。しかし私はもう一度だけ、皆さんに警告を申し上げたい。目前にたいへんな破滅が控えているのだ、と。たとえ皆さんがなすべきことをなさらないとしても、です。

そこでまず初めに、実に明白な事実についてお話しし、それから、良識および皆さんの国の法律に基づいて、皆さんがどのように行動すべきなのかを示したいと思います。

事実というのは、つまり次のようなことです。アイルランドでは長らく、半ペニーもしくはファージング銅貨が鋳造されてきましたが、時としてこれが足りなくなり、その偽物が偽貨として出回ることがありました。これに対して、以前のように新貨鋳造を行えるよう何度かイングランドに申し入れをしましたが、うまく行きませんでした。挙句の果てに、ウッド氏なるさもしき凡俗の金物職人が、国王陛下の国璽を得、アイルランドで使われる一〇万八〇〇〇ポンド分の銅貨鋳造の特許を獲得しました。しかしこの特許によって鋳造された貨幣、望まぬとあらば誰も受け取る必要はない。皆さんもご存知の通り、半ペニーもファージングも、イングランドにあっては、必要以上に出回ることはほとんどありません。そしてもしこの銅貨を粉々に砕いて金物屋にでも持っていけば、一シリング分〔二〇分の一ポンド、一シリングは一二ペンス〕で一ペニーの損にもなりますまい。ところがウッド氏の半ペニー銅貨は劣悪なため、イングランドのものより小さく、さすがに金物屋も、こちらが一シリング出したところで良貨一ペニーも差し出すことはないでしょう。つまり、金銀の良貨一〇万八〇〇〇ポンドに対して、実際には八〇〇〇ないし九〇〇〇ポンドにも満たぬガラクタが鋳造される、ということになるのであります。しかし問題はこれだけではありません。ウッド氏は、さらにこの一〇万八〇〇〇ポンドをちょろまかし、アイルランドの製品を一二分の一の値引きで自由に買うことができる、という点です。たとえば、帽子屋が帽子一二個をひとつ五シリング、つまり合計三ポンドで売ったとしても、ウッド氏の銅貨でこれを受け取ると、実は五シリング分にしかならない、のであります。

おそらく皆さんは、どうしてこのようなウッド氏なる凡俗の者が、陛下の国璽を得てこれほどの悪貨を鋳造し、この哀れなるアイルランドに送り込んでは莫大な利益を手にすることができるのか、アイルランドの貴顕の方々が同じように陛下のご好意にあずかれず、以前のようにアイルランドで半ペニー貨を鋳造することができないのか、不思議に思われるでしょう。その理由は明らかです。われわれは、陛下の宮廷から遠く離れた地におりますから、われわれのために宮廷で嘆願してくれる人物がいないのです。もちろん、ここに土地を有するアイルランド人の貴族や地主の方々は多く、彼らは陛下の宮廷近くで生活をし、いろいろな消費をしてはいます。しかしこのウッド氏は、もういつでも、自分の利益のために伺候することができる。彼はイングランド人で高位の友人も多い。どこにお金をつぎ込めばよいか、誰に話をすれば、それが伝わって陛下のお耳に届くか、誰ならばうまく話してくれるのか、そういうことをよく知っているというわけです。陛下も、また陛下に助言する貴顕の方々も、それがわが国のためになると思ってしまわれる。つまり、法学者的な言い方ですが、陛下は許可を与えるように欺かれてしまった、これはいつの時代にもたびたび起きることです。このような特許がウッド氏の思いのままとなり、陛下に忠誠を誓ってきたこのアイルランドの破滅であるということを陛下がご存知になれば、陛下は直ちにこれを撤回され、ご不興をお示しになるでしょう。賢明な方々に対してであれば、それはひと言で十分。わが名誉あるアイルランド下院が、いかなる怒りをもってこのウッドの特許の説明を受けたか、については、すでに皆さんの多くの耳に達しているはずです。頭の先からつま先まで、まったくの邪悪な詐欺であったといういくつかの名演説がなされ、証拠が示されました。厳しい議決が印刷され世に出ましたが、件のウッドはこれに応戦しようと、やはり印刷物を出しました。実に自信たっぷりで、わがアイルランド議会が束になってかかったところで、自分はそれよりも優れていると言わんばかり。

　特許が認められれば直ちに、このウッドは劣悪なる半ペニー貨幣を満載した樽を、コークなどの港に送り込み、それを放出するでしょう。一〇〇ポンドと称して彼の貨幣では銀貨七、八〇枚〔一シリング銀貨七、八〇枚（＝四ポンド程度）にすぎない、ということ〕。もっとも、税関の徴税官はたいへん正直で、この受け取りを拒みましたので、他の人々もたいていはそうしました。議会もこの悪貨を非難し、陛下にその差し止めを求めましたので、ウッドの貨幣は国中から嫌われものとなりました。

ところがこのウッドめは、実は秘密裏にこの半ペニー貨をわれわれに押しつけているのであります。もしも彼がイングランドの友人の手を借り、貨幣鋳造に関わる政府の長官諸氏や徴税官たちにこの悪貨を受け取るべし、軍隊への支払いもこの悪貨でなされるべしとの命令を手にしたならば、これはもう彼にしてみればしてやったり、です。他方、皆さんはもうたいへんなことになります。たとえば、市場や酒場に出かけた兵士がこの悪貨で支払いをしようとするので、断ったとします。するとどうでしょう、兵士はさんざん威張り散らしたり脅しつけたりしたあげく、肉屋や酒場の女将に殴りかかろうとしたり、商品を強奪しようとしたり。あるいはこの半ペニー悪貨を彼らに投げつけたりするのではありますまいか。こうなると、商人や店主たちの方では、もしウッドの貨幣で払うなら一〇倍の値段をつけるしか手はありません。エール〔ビールの一種で、色が濃く苦みの強いものが多い〕一クォートが二〇ペンスといった具合になり、全額支払われなければ誰も商品を手放さない、ということになりましょう。

どうかよくお考えいただきたい。皆さんが、この悪貨をもって酒屋に出かけ、かりに店の主人がこの半ペニー貨四枚で一クォートのエールを飲ませたとする。するとこの店主はどうなるでしょうか？　醸造業者の方は、そんな悪貨での支払いは拒むでしょうし、かりに醸造業者が間抜けでこれを受け取っても、大麦を生産する農民の方は、そんなものを受け取るわけにはいきません。なにしろ彼らは、地代をイングランドの正貨で支払わなければならないわけですから。そんな悪貨はイングランドの正貨でもなければ、もちろんアイルランドの正貨でもない。地代の支払いをそんなガラクタで受け取る寝ぼけた地主など、いるはずがありません。ですから、この悪貨はいずれどこかで滞ってしまう。どこで滞ったとしても同じこと、われわれはみな、結局、破産してしまいます。

この悪貨の重さは、平均して、四枚から五枚で一オンス〔重さの単位で一六分の一ポンド、約二八グラム〕。かりに五枚とすると、三シリング五ペンスで重さ一ポンド、つまり二〇シリングでバター六ポンド分ということになる。さて、多くのアイルランドの農民は、一年あたり、地代二〇〇ポンドを支払っています。半年なら一〇〇ポンド、ということは、その重さが六〇〇ポンド、運ぶのに馬三頭は必要です。

さてここで、ある地主様が、ご自身のため、あるいはご家族のために、服やワイン、香辛料を買うために街を訪れるとします。あるいはアイルランドで冬を過ごすために、ということでもよいでしょう。するとこの方は、ちょうど農民が穀物を載せるように、五頭から六頭の馬の背に袋を載せて来なければならない、ということになります。奥様が買い物に馬車をお使いになるということであれば、馬車の後ろにウッド氏の貨幣を載せた車をつけなければなりますまい。奥様には、ぜひとも必要以上にはこの悪貨をお受け取りになりませぬよう、願うばかりです。

地主のコノリー様〔ウィリアム・コノリー（一六六〇—一七二九）、実在の人物〕は、一年あたり一万六〇〇〇ポンドの地代収入があるそうですが、このお金をいつものように街へ取りに行かせて運ぶとなると、半年分でも二五〇頭の馬が必要になり、その馬を養うための大きな倉庫を二つや三つは建てなければならないでしょう。なによりも、銀行員はどうなるでしょうか。大きな銀行では、あらゆる支払いに備えて、四万ポンドの現金を常備しておかなければならないと聞いています。これをウッド氏の悪貨で賄うとすると、それを運ぶのに一二〇〇頭の馬が必要、ということになるのであります。

私自身も対策を考えました。私はアイルランド製の毛織物や絹を商う小さな店を構えておりますが、ウッド氏の悪しき銅貨を受け取ることなく、その代わり、隣近所の肉屋、パン屋、酒屋などと物々交換をしてしのぎ、今持っている幾ばくかの金貨、銀貨は、時勢がよくなるまで大事に保管する、もしくは、いよいよ飢え死にしそうだということになったら、その時にこの金貨、銀貨をはたいてウッド氏の貨幣を購入するつもりです。私の父も、例のジェイムズ国王の銅貨を一ギニーで一〇ポンド買うことができたそうですから。*4 私も一ピストル〔ウィリアム三世が鋳造したアイルランドの金貨で一二ポンド相当〕で同じくらいもらえば、それで少々間抜けなパン屋からパンを買うくらいはできるのでは、と思っています。

この半ペニー貨がひとたび出回れば、偽物はどんどん増えていくでしょう。なにしろ、粗悪な原料で安く仕上げたものなのですから。オランダもきっと同じようなものを作って、アイルランド製品の売買に使うことでしょう。ウッド氏は休む間もなくどんどん悪貨を鋳造し続ける。すると数年のうちに、一〇万八〇〇〇ポンドの少なくとも五倍くらいは悪貨があふれることになる。今、アイルランドで流通しているお金は全部合わせても、四〇万ポンドには達しないと思いますが、そのお金の中から、六ペンス銀貨が姿を消し、代わってこの吸血鬼のような悪貨がとめどなく流れ込んでくる、というわけです。

アイルランドがひとたびこのような状況に置かれれば、最後にはどうなるか。地主の方々は地代が足りず、借地人を次々に解雇してしまうことになりましょう。先に申し上げた通り、地代は正貨で、つまりイングランドで流通している合法的な通貨で支払うことになっていますから。すると地主の方々は、今でも相当数の方々がすでにそうなりつつありますが、自ら農作業に従事することになり、必要最低限の牛だけ残して、あとはできるだけ羊に変えてしまう。すると今度は、自ら商人となって、羊毛やバターや獣皮やリンネルなどを海外にまで売りさばくようになる。手持ちの現金とワインと香辛料と絹を手に入れるためです。彼らの元に残るのは、みすぼらしい従者がわずかばかり。かつての農民は泥棒になるか物乞いになるか、あるいは故国を去るか。ダブリンや他の町にいた商人たちは破産して飢え死にするしかない。なにしろ店を開いて商いをしたり、ものを作ったりするのは、土地持ちの方々ばかり、ということになるわけですから。

　しかし、地主様が自ら農民や商人になってしまうと、彼は、海外から調達した良貨を貯め込むか、あるいはこれをイングランドに流してしまうでしょう。多少なりとも自分の家に仕立屋や織工などを置いてパンを食べさせなければなりませんから。

　このような次第で、もしわれわれがこの呪わしき貨幣を受け入れるような愚かで間違ったことをしてしまったとしたら、それによってわれわれが被る惨憺（さんたん）たるありさまは、とても筆舌に尽くしがたいところがあります。もし、アイルランドの全てをまとめて秤の一方に載せ、他方にこの嘆かわしきウッドを載せ、その結果、ウッドの方がアイルランドよりも重くなるとすれば、これはたいへんなことになる。これによってイングランドは、毎年、一〇〇万以上の良貨を懐に入れることができるが、これは、イングランドがほかの世界各国から手にする額を超えるものなのであります。

　しかしながら皆さんには安心していただきたい。陛下がお認めになった特許によれば、皆さんはこの悪貨を受け取る義務は課されていないのですから。国王が臣民に対して自ら望む貨幣の使用を強いる力を、法は認めていないのです。そんなことになれば、石ころや貝殻、なめし皮など、なんだって通貨の代わりになってしまう。一〇ポンドを一ギニー、二〇シリングを一シリングなどと勝手に称する邪（よこしま）な王のもとに暮らしていたとしたら、どうでしょう。王国中の金銀は瞬く間にこの王の手中に収まり、われわれの手元に残るのは劣悪な銅貨やなめし皮、その他王の望むものばかり、ということになってしまうではありませんか。かのフランス政府の残酷な弾圧の中でも何が一番ひどいかと言って、価値をとことん落とした後にすべての貨幣を集め、鋳造し直して仰天するような高価な貨幣にしてしまうというお決まりのやり方ほどひどいものはありません。ところがそれすらも、この忌まわしきウッド氏のたくらみの一〇〇〇分の一にもなりますまい。というのも、フランスでは、臣民に対して、ともかくも銀は銀、金は金に換えているのですから。ところがこの悪党は、金や銀を良質な真鍮や銅に換えることすらしない、その一二分の一にもならないのです。

以上申し上げたことを踏まえ、次に、法律の優れた専門家がこの件についてどう判断されているかをお話ししましょう。この方々には皆さんのために特別にお金を払い、率直なところを聞き出していますので、かなりお役に立つのではないかと思っています。

『正義の鑑』〔アンドリュー・ホーン（一三二八没）によって執筆・編集された一四世紀初めの歴史書〕という有名な法律書では、わが国の昔の国王たちが発した勅令（もしくは法律）について議論がなされていますが、法律とは次のようなものであると言明されています。すなわち、「この国のいかなる国王も、全州の同意がなければ、すなわち、かつてコーク卿〔エドワード・コーク（一五五二―一六三四）、反国王派の法律家〕が言われたように、議会の同意がなければ、貨幣を変更したり、劣化させたり、あるいはまた、金銀以外の硬貨を作ってはならない」。

この書はたいへん古いもので、執筆された当時、たいへん権威のあるものでした。それゆえ、コーク卿がしばしば引用されたわけです。イングランドの法によれば、金属は合法的もしくは真正な金属と、非合法的もしくは贋金とに分類され、前者には金や銀、後者には劣悪な金属が含まれる。前者のみが支払いに用いられるということは、エドワード一世〔一二三九－一三〇七〕の御代の二〇年目に「ペンス貨流通に関わる制定法」として議会で定められており、今ここに私が英訳して示します。なにしろわが国の当時の法律はラテン語で書かれたものもありますから。曰く、「売買にあたり、しかるべく刻印された合法的なる半ペニーもしくはファージング貨を拒む者は、何人といえども陛下の尊厳を貶める人物として拘引され、牢に監禁される」。

この制定法によれば、合法的な金属によって鋳造された貨幣の受け取りを拒む者以外は、何人といえども、陛下の尊厳を貶める人物と見なされその罪によって牢に監禁されることはない、ということになります。「合法的な金属」とは、すでに申し上げた通り、金と銀のみを指すものであります。

これこそ法律の真正なる解釈であることは、その明解な文言からはもちろんのこと、コーク卿の言葉からも明らかであります。卿は、この法律により、いかなる臣民も、合法的な金属、すなわち金銀以外のもので作られたお金でもって売買したり、その他の支払いをしたりすることを強要されない、と言っています。

イングランドの法によれば、金銀の鉱山はすべて国王が所管するということになっていますが、その他の金属の鉱山はそうではない。国王の大権というか権力がなぜそうなっているかと言えば、コーク卿の発言にある通り、お金は金銀からのみ作られるものであって、それ以外の金属であってはならないからなのです。

この見解に沿って、半ペニーおよびファージング硬貨は、かつて銀で作られていました。ヘンリー四世〔一三六七―一四一三〕の御代の議会法第四号からも明らかで、そこにはこう記されています。「昨今、半ペニーおよびファージング銀貨が王国において著しく欠乏している問題についての箇条。すべての銀貨の三分の一を延べ棒に、これをもって半ペニーおよびファージング硬貨とすべし」。制定法において、合法的な流通硬貨である半ペニーおよびファージング貨とは、半ペニーおよびファージング銀貨のことであるということが、これからもお分かりになるでしょう。

エドワード三世〔一三一二―一三七七〕の御代の九年目の制定法第三号にも同じことが示されています。曰く、「真正な半ペニーもしくはファージング硬貨にて船具もしくは何か他のものを金細工師ほか誰も作ってはならず、真正ならざる半ペニーおよびファージング貨が鋳造された場合は没収」。

同じくエドワード王の御代には、イングランドでの贋金流通を禁じたものもあります。御代の一一年目の法律の第五号には、「ガレー半ペニー貨〔中世にあって奴隷が漕ぐガレー船によってイギリスに持ち込まれたとされる銀貨〕を通用させず」とあります。これがどのような硬貨なのかははっきり分かりませんが、おそらくは劣悪な金属によるものだったと思われます。このように次々に法律が定められていたわけですが、いずれもこれらは新法ではなく、硬貨に関する旧法を繰り返し言明したものにすぎません。

硬貨に関する法は、このように確たるものであります。例外としては、デイヴィス報告〔ジョン・デイヴィス（一五六九―一六二六）、実在のアイルランド司法長官〕くらいのものでしょう。これは、ティロウン[*5]反逆の折、女王エリザベス〔エリザベス一世（一五三三―一六〇三）〕が、ロンドン塔にて合金の硬貨を鋳造するよう指示し、それをアイルランドへ送らせて軍隊の支払いに使ったというものです。誰もがこの硬貨を受け取らねばならず、銀貨は全て延べ棒の形で、つまりその重さによってのみ使われたと記されています。デイヴィスはこの件に関わる幾つかの点を非常に詳しく述べていますが、それを紹介するのはかえってお邪魔でしょう。ただそこには、この時枢密院は、イングランドのある商人に対し、アイルランドに送る商品の支払いとしてこの合金硬貨を受け取るよう指示した、と記録されていることは申し上げておきましょう。

しかしながらこのやり方は、法に反するものだとして、しかるべき法律の専門家はいずれも妥当性を否定しています。枢密院にそうした法的権限はない、というのです。それに加えてここで考慮しておくべきは、女王陛下は当時、スペインの助力を得た反逆によってたいへんな苦境にあった、ということです。危機的な緊急事態においてなされたことは、何事であれ、穏やかで平和な時に行われるべき事例とはなりません。

親愛なる皆さん、私は今、皆さんを難局から救うべく、法は何を皆さんに求めているのか、そして何を求めていないのかを、簡潔にお示ししたいと思います。

第一に、支払いにおいて皆さんが受け取らなければならないのは、陛下がお作りになり、イングランドと同等の価値ないしは重さを持つ、あくまでも金か銀で鋳造された硬貨だ、ということ。

第二に、金か銀でなければ、いかなる硬貨も皆さんは受け取る必要はない、ということ。イングランドの半ペニーやファージング貨のみならず、他の諸国の硬貨も同様です。皆さんが金銀以外の硬貨を受け取ってしまうのは、便利さゆえというか、楽だからにすぎません。というのも、半ペニーやファージングの銀貨の鋳造は長らく中止されているからですが、その理由はおそらく、これらがなくなりやすいためでありましょう。

第三に、件のウッドの手による邪悪な半ペニー貨など受け取る必要はさらさらないということ。受け取れば、一シリングあたり一一ペンスを失うのは必定です。

したがって、皆さん、この悪貨に立ち向かいましょう。この忌まわしいガラクタを拒絶するのです。ウッド氏に逆らうのは決して反逆ではありません。陛下の特許では、なんぴとたりとも、この半ペニー貨を受け取らなければならないなどとは記されていません。わが慈悲深き天子様は、そんな間違った助言をする者をおそばに置いているわけではありません。万一、おそばにそういう者が控えているとしても、法がはっきりと示しているではありませんか。正しく基準を満たした金銀による合法的なもの以外、いかなる硬貨もそれを受け取らなければならないなどと定める権限は、国王にはない、と。ですから皆さん、何も恐れる必要はないのです。

次に、貧しき商人でいらっしゃる方々のことについて、触れさせていただきたい。こういう人たちは、たとえこの半ペニー貨が出回ったところで、金持ちほどの被害はあるまいとお考えになっているかも知れません。そもそも銀貨など、自分はめったに見たことがないし、自分の店や売り場に来る客たちは銅貨しか持っておらず、それさえ払ってもらうには苦労する、などとお思いかも知れません。しかし、皆さん、よく私の言うことを聞いていただきたい。この悪貨がひとたび皆さんの足元に及ぶや、皆さんは確実に破産します。この悪貨を持って、煙草でもブランデーでもなんでも、皆さんが欲しいと思うものを買いに行ってご覧なさい。店主はきっと前払いにするか、さもなければ、破産して夜逃げでもしてしまうに違いない。いったい私が、一〇ペンス分の織物一ヤードを、ウッド氏の半ペニー貨二〇枚で売ると思いますか？　そんなことはしません。二〇〇枚だって無理です。また私がわざわざそれを数えたりしますか？　まとめて重さを量るしか手はないではありませんか。もう一つ、付け加えておきましょう。万一、ウッド氏のたくらみが実現すれば、乞食だって破滅してしまいますよ。だって、私が乞食に半ペニー銅貨を恵んであげたとします。それで喉を潤し、少しは腹の足しにしてほしいと願って、ですね。ところが、半ペニーの一二分の一でいったい何になると言うのですか。せいぜいピン三本くらいではありませんか。

つまり、この半ペニー悪貨は、聖書の中でイスラエルの民が触れてはならぬとされたような、実に忌まわしきものなのです〔旧約聖書「ヨシュア記」第六章第一八節参照〕。それはペストのようにあっという間に広まり、それを手にする者すべてを破壊し尽くしてしまうのです。私はかつて学者諸兄が次のような話をしているのを聞いたことがあります。ある男が、新しい拷問のやり方として、真鍮製の雄牛に人々を閉じ込め、下から火であぶるという方法を王に進言したところ、王は、手始めにこの考案者をその雄牛に閉じ込め試してみた、というのです。[*6] この話は、ウッド氏の企みに実に似ています。ウッド氏の運命もまた同じようなものでありましょう。すなわち、アイルランドを苦しめるために考案した銅によって自らが苦しむことになり、ついには破滅するのです。

注：この冊子の著者が、半ペニー悪貨の本当の価値を正確に計量する仕事に従事する人々から聞いたところでは、一クォート二ペンスのエールは悪貨三六枚に相当するという。本冊子がどの家庭にもしっかりと備え付けられ、ウッド氏の半ペニーや、これに類するイカサマに警戒すべき時には常に思い起こされることを、私は強く希望する。

アイルランド全国民に告ぐ（第四書簡）

同胞の皆さん

私は、実に忌まわしいウッド氏とその半ペニー悪貨について、すでに三通の書簡を記しました。もうなすべき仕事を終えたのでないかと考えます。しかしながら、弱き肉体と同様、弱き政体には強心剤を何度も打ってやらないといけません。長らく困窮に甘んじ、自由という概念を次第に考えもしなくなった国民は、自らを無力な存在と思い、強権によって押しつけられた不当な無理難題でさえ、政府の報告書に記されているように合法的な義務だと思い込んでしまいます。今、わが同胞一人一人と同じく、アイルランド全体が直面している貧困と精神の低劣さは、まさにここから生じているのであります。死にそうなほど疲れ切って野原から戻って来たエサウが、シチュー一杯のために生得の権利を手放したのも、このようなことを思えば驚くにはあたりません〔「創世記」第二五章第二九節―第三四節を参照〕。

迷える皆さんに対して、この悪貨が出回ったらどのように行動すれば安全か、私はもう十分にお話ししました。わがアイルランドは、この憎むべき詐欺に対して、一致団結して反対していますが、このような例は、どこの国においても実に長らく絶えて久しいことです。しかしながら、おかしな噂が巧みに流されており、それによって不安になってしまう弱き人々もいることでしょう。ウッドめは、ロンドンのもの書きにいろいろ書くべきことを指示しています。その中には、(明らかに悪意のある) 怪しげな印刷屋が当地で刊行したものもあり、アイルランドのカトリック教徒が硬貨反対を唱えて結集している、などと書かれています。カトリック教徒がそんなことで騒動を起こしたことなど一度もないということくらい、皆さんもよくご存知でしょう。アイルランド議会の上下両院も、枢密院も、団体の多くも、ダブリンの市長も市議も、大陪審院の方々も、いくつかの州の名だたる地主方も皆、ひとまとめにカトリック教徒の名のもとにたいへんな汚名を着せられているのです。

あのイカサマ師とその配下たちはまた、われわれがガラクタを硬貨として受け取るのを拒んでいることで、陛下の大権を蔑ろ(ないがしろ)にしている、反乱を起こしてイングランドの王権から独立しようとしている、などと喧伝してもいます。そういう文書をいっそう広めるべく、ウッドはさらに別の新聞で、あの悪貨を流通させるためにアイルランド総督が直ちに派遣されることになった、などとも言っているのです。

同胞の皆さんに私はお願いしたい。どうかこんな風聞に惑わされずにいただきたい。せいぜい生きたまま切り裂かれた犬の最後の遠吠えのようなもの、ウッドに残された手は、もはやこんな中傷でしかないのですから。陛下に対してこのアイルランドは絶えず、そして（ほぼ）常に比類なき忠誠を示してきましたが、それが疑われることなど決してありません。吹けば飛ぶようなイカサマ鋳物屋に、みすみすわれわれの財を奪われるようなことになってしまうではありませんか。

陛下の大権ということについては、この「大権」とはいったい何のことか分からぬ、という方々のために、少し説明させていただきましょう。

領国に君臨する国王は、法が介入することのないいくつかの権力をお持ちです。国王は、議会の承認を得ずして戦争を始めることも講和することもできますが、これはまさに国王の大権です。ただ、その戦争を議会が承認しなければ、国王は戦費を自ら賄わなければならない。こういう具合に、王権には大きな制限がかけられているのです。硬貨についても、王は議会の承認なしで鋳造する大権をお持ちですが、それが法に定められた金銀でなければ、臣民にその硬貨を無理やり受け取らせることはできない、法の制限を受けるからです。なかには法が認める範囲を超えて大権を拡張した国王もいましたが、治世が変われば、法律家たちは先例を重視しますので、そうした例外を設けた国王たちを決して正当であるとは認めませんでした。ただ、本当のことを申せば、そもそも王の大権が定められ認知されたのは、ごく最近のことなのであります。イングランドの歴史書を繙(ひもと)けば誰にでも分かることですが、以前の国王の中には、決して暴君であったわけではないのですが、エリザベス女王の御代の後になってからでさえ、何らためらうこともなく、またしかるべき手続きも踏まず、機に乗じて法の支配を斥けようとした方々もおられました。エリザベス女王の時代には、悪貨をアイルランドに送り込めという邪悪な勧告があって、女王はあわやアイルランドを失いかける、ということがありました。この時には、アイルランド総督や枢密院、アイルランド在住の全イングランド人が不満を述べ、その結果、女王が崩御されるとまもなく、悪貨は回収され、合法的なお金と交換されることになりました〔第一書簡参照〕。

国王の大権とは何か、今、一商人に説明できる限りのことを申し上げましたが、ベーコン卿〔政治家にして哲学者、随筆家であったフランシス・ベーコン（一五六一―一六二六）のこと〕の優れた見解をここで付け加えておきましょう。それによれば、神は自らお作りになった自然の法によってこの世を治めておられる、例外的に重要な場合を除き、自らもその法を超越されることはなさらないのであるから、この世の王たちにしてみれば、その国の法として知られている定めに従って国を治めるのが最も賢明にして最善のやり方であり、王の大権などめったに用いるべきではない、ということです。

したがって皆さん、もうお分かりかと思いますが、ウッドおよびその仲間たちが、例の悪貨を受け取らぬからといってわれわれが国王の大権をとやかく言っているなどと責め立てるのは、まったく根拠のないことなのであります。連中は、合法的でもなければ国王の大権の一部でもない硬貨を使うよう無理強いしているのですから。かりにそれが大権であるとしても、われわれが大権をとやかく言うはずはありません。陛下に対して誓ってきた忠誠は揺るぎなきものですし、なにしろわれわれは、このような場合、愚鈍で一般的な知識も持ち合わせていないなどとしばしば言われているくらいですから。ただ幸いなことに、われわれのことをのろま呼ばわりする者たちもまた、われわれと同様、陛下の臣民であって、決してわれわれの主人ではない。われわれには、イングランド生まれにはない誇るべきことが一つあります。それは、われわれの祖先がアイルランドをイングランドに服従するようにしてきたということです。気候も厳しいし、われわれが認めてもいない法に支配されてもきました。商売はすたれ、上院は法の埒外、ほとんどあらゆる職業から締め出され、挙句の果てにウッドの半ペニー悪貨の恐怖。

しかしながらわれわれには、硬貨鋳造に関する国王の大権を云々することなどありえません。陛下は誰にでも特許をお与えになることができ、どんな金属の硬貨であろうとも、そこにそのお姿と銘を刻印させることができる、それはもうわれわれが認めるところです。そしてこの特許を取得した者は、イングランドから日本に至るまで、どこの国にでもそれを提供することができる。ただしそこには一つだけささやかな条件があって、生ける者はなんぴとも、その硬貨を受け取るよう強いられることはない、のです。

　こうしたことを考量し、私は、目下差し迫った悪に対する対策をイングランドに求めることには常に反対でした。特に、長らく期待していたイングランドの上下両院の声明も、たんにウッド寄りの「報告」を出すだけに終わってしまいましたから。このことについては、以前の書簡〔一七二四年八月二五日付の第三書簡を指す〕で申し上げた通りですが、この「報告」が実に珍奇なものであったことを考えれば、少なくともあの倍くらいは書いてもよかったかも知れません。

　しかしながら、こうした私の認識には誤りがありました。というのも、この「報告」が出される前に、すでに陛下による、上院への「まことに寛大なるご回答」なるものが送付され、印刷されていたのであります。そこには、「王家祖先の習慣に従い、半ペニーおよびファージング貨鋳造の特許を認める、云々」と記されているのです。硬貨鋳造の特許をお与えになったのがチャールズ二世とジェイムズ二世であること（そしてこの二人だけであること）に、議論の余地はないでしょうし、この例外的なできごとについてはすでに十分触れました。両王の特許は、まずアイルランドに打診され、アイルランドの国璽を得て議会を通過したものです。銅貨はアイルランドで鋳造され、特許所有者は求めに応じて鋳造した銅貨をアイルランドにおいて買い戻し、それを金銀に交換しなければならない、とされていました。ところが、ウッドの特許は、イングランドの国璽によってなされ、硬貨が鋳造されるのもイングランドにおいてであって、アイルランドには何の相談もありませんでした。金額は膨大なものですが、特許所有者には、それを買い戻して良貨に交換するといった義務はなんにもない。このようなことを申し上げるのは、「王家祖先の習慣に従」っての陛下の「まことに寛大なるご回答」というお言葉を記した筆記者は、はたして十分にいくつかの状況を考量したのかどうか、思うにいささか以前とは異なる場合があるのではないか、とひそかに私は自問してきたからです。

それでは次に、皆さんが恐れを抱くもう一つの大きな原因について述べておきましょう。すなわち、アイルランド総督閣下がこのウッドの半ペニー貨問題を処理するためにアイルランドへお越しになる、という話で、これはウッドがロンドンの新聞記者に記事にするよう教えたものです。*7

ご存知のように、ここ数年来、アイルランド総督は、このアイルランドが国王のご用務にどうしても必要な時日以上に長く滞在するには値しないとお考えになっていました。ということは総督派遣にあたっても、さして急を要することはありませんでした。ですから、今回、新しい総督が通常とは異なる時にアイルランドへお越しになるからには、通常とは異なる用務をお持ちになっているに違いない、と多くの人々が考えるに至ったのはもっともなことです。ましてや、世間に伝わっている噂が本当であるとすれば、無期停会中の議会が、総督の到着後まもなく、(その停会を取り消して)新たに召集されるというではありませんか。この尋常ならざる対応をめぐって、海の向こうの法律家たちは、実に幸運にも先例を二つほど見つけ出したそうです。

ともあれ、こうした事情をすべて勘案したとしても、ウッドごとき小人物が陛下ならびに閣僚諸氏の信任を得、用務のためにアイルランド総督をこの地へ急派するなどとは、とても考えられません。

今われわれの眼前にある事柄を、あるがままに見てみましょう。一部の人々がやるように妙な整理を加えたりするのは、目下われわれには関係ありませんので。まず、イングランドの国璽によって認められた、ある特許がここにある。嘘や出まかせの挙句、ウィリアム・ウッドなる人物が所有したもので、アイルランドのために半ペニー銅貨を鋳造するという内容。これに対してアイルランド議会は、この特許から生じる最悪の事態を懸念し、この特許を撤回するよう国王に声明を発した。しかし声明は却下され、枢密院委員会は陛下に対して、ウッドは特許の条項を遂行しているとの報告を送った。そこでウッドは、半ペニー貨について何でもできる限りのことをすることになるが、もちろん、誰もこの悪貨を受け取る義務はない。アイルランド国民も彼と同様、なんでもできるわけで、一致団結して彼の製品にはかかわるまいと決めている。事実をこのように明らかにしてみれば、国王も閣僚もこの件にはなんらかかわりがないということは、一目瞭然でありましょう。これは、ウッドとわれわれとの問題なのです。ですから、総督がいつもより早く派遣され、停会が予想される中にあって議会が召集されるなどということは、誰が言おうと私は信じません。そんなことは、この最も忠誠心に篤いアイルランドを破滅させ、一人のペテン師の懐に一〇万ポンドをもたらすことになるだけなのです。

しかしながら、こうしたことがもし本当だとしたらどうでしょう。この邪悪な企みに対して真剣に強い熱意をもって反対の声明を発した、その同じ議会に対して、総督はどのような論法を使えば、法律を通してしまうことができるでしょうか？　ウッドとその企みに関する議会の見解は、先ごろの停会以来、少しも変わるところがないと思います。票集めのためにはいろいろなことが行われると議会を批判する人々は言いますが、ここアイルランドでは、そもそも就くべき官職があまりない、たとえもう少しあったところで、一体誰がそれにありつけるというのでしょうか、もうこれはご存知の通りです。

ここアイルランドには、なぜ就くべき官職がほとんどないのか、皆さんの多くは、ご自分の国の政治状況を全く承知しておられないので、この理由の幾つかをご説明しましょう。アイルランドにある任期付き官職のかなり多くは、実は、相続権を認められた人々によって占められています。こうした人々はたいてい、歴代総督の部下であったり、あるいはイングランド宮廷の関係者であったりします。ストラットンのバークリー卿〔第三代バークリー・オブ・ストラットン男爵ジョン・バークリー（一六六三―一六九七）〕が公文書長官という要職に就いているのも、パーマストン卿〔初代パーマストン子爵ヘンリー・テンプル（一六七三頃―一七五七）〕が年収二〇〇〇ポンドの第一債権徴収官であるのも、そのためです。ペンブルック伯爵の秘書であるドディントンとかいう人物〔ジョージ・ドディングトン（一六六二頃―一七二〇）のことだが、スウィフトは、初代メルカム男爵ジョージ・バブ・ドディントン（一六九一―一七六二）と混同していたようだ〕は、年収二五〇〇ポンドの国庫管理官の相続権を懇願し、ニュートン卿の死後、その職にあります。サウスウェル氏〔エドワード・サウスウェル（一六七一―一七三〇）〕が国務大臣、バーリントン伯爵〔当時のバーリントン伯爵は第三代リチャード・ボイル（一六九四―一七五三）、大蔵大臣職は父の第二代伯爵から継承した〕が大蔵大臣であるのも、みなこの相続権によるものです。今はちょっと思い出せないのですが、こうした例を私は実に多く耳にしており、申し上げたのはその中のごくわずかに過ぎません。いえそれどころか、官職の中にはご機嫌の良い時だけ相続権が認められる、というようなものさえあるのです。こうした状況こそ、地球上の他のいかなる国ともアイルランドが異なっている点であり、何らかの官職に就くことがきわめて難しい理由です。ですからアディソン氏〔ジョウゼフ・アディソン（一六七二―一七一九）、ホイッグ党の政治家だが、リチャード・スティールとともに『タトラー』や『スペクテイター』といった文芸定期刊行物を出版した〕などは、バーミンガム塔史料保管者なる、あまり知られていない古ぼけた職を購入せざるをえませんでした。年収わずか一〇ポンドで追加給料が四〇〇ポンド。もっともその史料たるや、面白さの点でも実用の点でも半クラウンにも値しないものです。また最近では、ある寵臣〔一七三五年版には、グラフトン公爵の秘書をしていたホプキンズ氏、という原注がある〕が饗宴長官になりさがったものの、自らの信用と強奪によってかなりの年収を得るに至った、などという例もありました。年収九〇〇〇ポンド相当の大蔵次官職や税務監査官については申し上げませんが、この税務監査官のうち四人は通常、イングランドに住んでいます。税務監査官には相続権が認められていないせいでしょう。ところが実に笑止千万なことだと思いますが、こうした不在長官の中には、まるで自分はびた一文たりとてこの国に負うものはないといった調子で、アイルランドの利益に激しく反対する者がいるのだそうです。

正直に申し上げると、私はときどき、ウッドの企みが逆にうまく行けばよいのではないかと思うことがあります。そうすれば貴族や地主の方々、年金生活者の男女、それに文官武官諸氏などもわれわれに加わって、実に陽気な仲間になるではありませんか。そうして皆、乞食として楽しく愉快に暮らすのです。ひとつ問題なのは、食べる肉もなければ着る服もないということ。でも、鎖帷子を身にまとって意気揚々と歩き回るか、さもなければダチョウが鉄を喰らうごとく、銅でも食していればよいでしょう。*8

脱線はこれくらいにして、この脱線の原因になった事柄に話を戻しましょう。もう皆さんはお分かりかと思いますが、かりにアイルランド議会がキリスト教世界の中にありながら他にも増して騙されやすいとしても（それを神は禁じているわけですが）、例のやり手たちは、つけこむための道具がないために失敗するのは必至です。でもさらに一歩押し進め、かりに日和見主義者を喜ばせようと新たな職位を百ほど創設したところで、なお連中にとっては克服し難い困難が控えています。つまり、理屈はよく分かりませんが、お金というものはトーリーのものでもなければホイッグのものでもない、都市党のものでもなければ地方党のものでもない。したがって、地主にしてみれば、いくら官職のおまけ付きといっても、自分の地代や給料が八〇パーセント以上も値引きされてウッドの銅貨で支払われるよりは、金銀で地代が支払われた方がよいと考えるのではないでしょうか。

これらの理由からして、理由はまだ他にもありますが、ともかく皆さんは、現在お持ちのしっかりとした気持ちを持っている限り、総督が突然やって来るなどということを少しも恐れる必要はありません。その気持ちを挫こうとしても、適当な方法がありえないのです。そして、今私が最良の権威に基づいてお話ししてきたように、正貨以外のいかなるお金も臣民に強要する権限は王にないと法が定めているのであれば、ましてや王がそのような権限を他の人物に譲り渡すことなどありえないのであります。

私は今このことを、カートレット卿閣下のお人柄と尊厳に対して最大の敬意を払いつつ申し上げています。卿がいかなる性格のお方であるのかについて、私は実は最近、その誕生以来よくご存知だというある紳士からうかがいました。この方によれば、卿は若くして教養と学問に秀で、生活は規則正しく、意気軒昂にして潑剌とされているとのことです。これまで海外に赴任され、また国務大臣の要職を務められたこともある由。現在、三七歳にしてアイルランド総督に任命された方です。このような総督であれば、たとえ多くの支障があろうともこれを片付け、大なる繁栄を期待することも然りと言えましょう。

もっとも、今記憶している限りにおいても、術策に長けた総督がアイルランドに惨憺たる結果をもたらした、ということは確かにありました。彼らは、総督の権限を濫用し、宣誓やらお愛想、場合によっては食事に招いたりしては人を誑（たぶら）かし、あるいは無理やり封じ込めるといったやり方をしました。当時にあってウッドの銅貨が問題になっていたならば、どんな方法が取られていたか、これはもう明らかです。部下にははっきりと、これはお前たちの仕事だ、いやなら公職をもっと従順な奴にくれてやると伝え、ほかの人々には約束をちらつかせてこれを誘い込む。地方の紳士には、おべんちゃらに加えてブルゴーニュワインを飲ませて密談する。そこでこんなふうに話が進むというわけです。別に強制というわけではありませんが、王の特許にご同意いただけませんか。もし何か不都合がありましたら、さらなる贈り物ないし恩寵によって償われましょう。紳士たるもの、イングランドにたて突くのははたして賢明にして安全なことでありましょうか。商業発展を促し、貧しき者を職に就かせるためのよき法案を、さらには、カトリックに反対しプロテスタントを糾合する法をお考えになることが求められているのではありませんか。ウッド貨にしたところで、四万ポンドを超える迷惑は絶対にかかりません。しかもこの銅貨は最良にして最も重いものばかりなので、アイルランド製品を買う時にのみこれを使い、金銀はご自宅に保管しておけばよいのです。ひょっとすると、適切な頃合いを見計らって、アイルランドが侵略されたなどというデマを広めればよい、そうすれば政治的摩擦はたちまち解消、今は意見の対立で争っている場合ではない、わが国が危機に瀕しているのだから、という具合になります、云々。

腐敗した時代であれば、わがアイルランドに悪銅貨の大洪水を引き起こすべく、このような方法が、あるいはまた似たようなやり方が取られるに違いありません。ただ、そのような時代であっても、こうしたやり方は必ずしもうまくは行きますまい。ましてや、カートレット卿のような優れた人物が統治されている中にあっては、そして、身分や党派、宗派を超えて全国民が、あの忌まわしき悪貨を認めたその日こそアイルランドに住む現在の住民とその子孫すべてが全滅する日であると確信している国にあっては、成功するはずがありません。ひとたびそれが流れ込んで来れば、伝染病を二、三の家族に押し込めておくわけにはいかないのと同じく、限られた規模にとどめておくことはできなくなる、そうなれば、死体にいくら強壮剤をうったところで生き返ることはないのと同じく、この世のいかなる力をもってしても、流入した悪貨に太刀打ちできるものはない、そう確信しているのですから。

ウッド氏に対してアイルランド全体が反対の声を挙げている中にあって、ひとつありがたいのは、宗教であれ政治であれ軍事であれ、空位となっている職に就くべくイングランドからアイルランドへ派遣されてくる方々が一様にわれわれの側についてくれている、ということであります。お金というものは、世間にいろいろな隔壁を生み出すものですが、今ここでは奇妙な成り行きにより、まったくバラバラであった国民を統合する大きな役割を果たしています。いったい誰が、アイルランドでの年一〇〇〇ポンドのウッド貨を求めて、（自由の国）イングランドでの一〇〇ポンドを捨てることなどありましょうか？　最近、アイルランドの大主教におなりになった方〔ヒュー・ボウルター（一六七二―一七四二）、一七二四年に任命されている〕なども、イングランド議会上院の議席や、オクスフォードおよびブリストルにお持ちの聖職位を手放すはずはありません。その収入は年一二〇〇ポンド、アイルランドでは名目上その四倍ですが、実質は半分にも達しません。そういうわけで私は、この方が、少なくともこの悪貨をめぐる条項については彼のお仲間と同様、いや、不幸にしてこのアイルランドに生まれたわれわれとさえ立場を同じくして、よきアイルランド人になるのではないかと期待しているのです。「言葉を習うためにアイルランドへ来た」とよく言われるような理由でここへ来た人々ならともかく、そうでなければ、金貨の代わりに銅貨を受け入れてよき国をわざわざ悪くするようなことは決してしないでしょう。

　ウッドとその使者たちがまき散らしているもう一つのデタラメは、ウッドへの反対を唱えることでわれわれが、イングランドの王への忠誠を揺るがそうとする気持ちを表している、ということであります。いったい、このウィリアム・ウッドなる人物、どれほど偉いつもりなのか、またどれほど、イングランドとアイルランド両国の富が彼の私的な利益に飲み込まれてしまっているのか、とくとお確かめいただきたい。まず第一に、奴の銅貨を受け取らぬ者はカトリックだと言い、次いで、連中は国王の大権を蔑ろにしていると言う。そして第三に、連中はもう反乱間近だと言い、第四にイングランドの王への従属を揺るがそうとしている、つまり連中は別の王を選ぼうとしている、などと言う。どうこじつけてみても、これ以外の意味をこの表現から見出すことはできません。

このことからもう一つ、事情をご存知でない方々にぜひとも説明しておきたいと私が思っている点が出てくるのであります。イングランドからこちらへいらした方々や、われわれの中でもいささか弱気な人々は、話が自由とか財産のことになると、決まって首を横に振り、アイルランドは王に従属しているではないか、とおっしゃいます。まるで、アイルランド人はイングランドの人々とは異なり、従属もしくは隷属状態にあると言わんばかりの口ぶりです。しかるにこの従属王国などという呼び方は近代になってから作り出されたものであって、古代の市民や政府に関する論客には全く知られていないものであったそうです。そしてこのアイルランドは、従属王国どころか、いくつかの成文法には、神によってのみ授けられる帝冠の一つであるとされているのです。これは、いかなる王国であれ、それが戴く最高の称号であります。ですから、従属王国なる呼称が意味しているものは、ヘンリー八世の治世の三三年目にこのアイルランドで定められた法律にある、「現国王およびその後継者は、イングランドの帝冠のもとに連合し結び合わされたこの王国の国王となる」ということ以上のものではありません。私はこれまでイングランドおよびアイルランドのあらゆる成文法を調べましたが、アイルランドのことをイングランドに従属するとしたものは、イングランドがアイルランドに従属するとしたものがないのと同様、ひとつもありませんでした。実際われわれは、イングランドの人々と同じ国王を戴いてきたわけですし、彼らもまた、われわれと同じ国王を戴いてきたということになります。この法律はわれわれがアイルランドの議会で成立させたものですし、当時のわれわれの祖先にしたところで、(先の国王の時代であればいざ知らず)[*9]何のことやら訳のわからぬ従属などという状態に自らを置くような愚か者はおりません。それなのに、昨今、この従属ということが、法律の点でも理性の点でも、あるいは常識から見ても何の根拠もなく言われているのであります。

このような考え方をしない人々がかりにいるとしても、私、M・B・ドレイピアだけはどうか別にしていただきたい。神に次いで、私が従うと誓っているのは、わが国王陛下と祖国の法律以外の何ものでもないからです。私にしてみれば、イングランドの人々への従属などとんでもない話であって、万一、イングランドの人々がわが国王陛下に反逆するようなことがあれば(それは神が禁じていることですが)、勅命を受け次第、彼らに対して真っ先に武器を取る覚悟をしているのであります。あのプレストンでの戦に従ったわがアイルランドの同胞と同じように、です。[*10]かりにあのような反逆が成功して僭主がイングランドの国王に就くようなことになれば、私はこれまでの法律を一切無視してでも、かの僭主がアイルランドの王となることを妨げるべく、わが血の最後の一滴まで使い尽くす所存であります。

なるほど過去には、イングランドの議会が、イングランドの法律に基づいてアイルランドを束縛する力を発揮したことも時にはありました。その際、イングランドの議会は、初めは公然と（真理と理性と正義によって能う限りの）反対を、アイルランド出身のイングランド紳士であるモリノー氏[*11]から受けました。氏だけでなく、高位の愛国者やイングランドきっての優れたホイッグ党員からも、です。しかしやがては、権力愛および圧倒的な権力の使用によって、事態は鎮められました。もっともどちらが議論において勝ったのか、実際のところは分からない。理性的に考えれば、統治される者の同意を得ない政府など奴隷制と同じことだからです。ただ現実には、武装した一一人が、シャツを着ただけの一人を屈服させることなどわけはありません。それでも私は戦いました。自由を圧殺すべく権力を使う者たちが、不平を漏らす自由さえも抑えつけようとしたからです。処刑台にあがった人間が、思いの限りわめき声をあげる自由を許されないなどということがありえましょうか。

われわれは理由のない恐怖にひどく打ち沈むことがありますが、それと同じく、根拠のない希望にすぐ胸を膨らませるということがあります（やがては消耗して消えて行くわれわれの肉体のようなものの常です）。そのせいか、イングランドの某氏が第二の某氏に権限を与えてアイルランドにいる第三の某氏に手紙を書かせ、そこには、アイルランドの人々がもはや半ペニー悪貨のことで悩む必要はないと断言されている、という噂が、ここ数日広まっています。しかも、こんなことをしているのは、実は、数か月前、半ペニー悪貨をわれわれの喉に押し込んでやる（もっともそれがわれわれの胃にとどまっているかどうかは怪しいものですが）などと毒づいていたのと同一人物だそうではありませんか。[*12] しかしこうした情報が真実であれ偽りであれ、われわれには関係ない。この問題に関してわれわれは、イングランドの大臣諸氏とは関係ないのです。ですから私は、この不満を取り除くか、もしくは強要するかの権限が、彼らに委ねられていることを遺憾に思っています。例の委員会報告などもうたくさん、救済策はすべて皆さんの手中にあるのです。私がいささか脱線をしつつも、皆さんの中にまさに時宜を得て湧き上がったあの強い志をいま一度活気づけ持続するようにしたのも、そのためです。神と自然と諸国民の法に基づき、そして皆さんの国の法によって、皆さんは、イングランドの人々と同じく、自由であり、自由でなければならない、そのことをお分かりいただきたいのです。

自らの所業を弁護すべくウッドとその配下の者どもがロンドンで小冊子を印刷してこれをアイルランドで再版していますが、それをわがアイルランドの同胞諸君がお読みになるならば、彼の邪悪な計略は、私が申し上げる以上に明白となりましょう。端的に言って、彼が自らの計略を正当化すべく雇ったもの書きたちの文章から浮かび上がる彼の姿と比べれば、今私が言っていることなど、彼を完璧な聖人としているようなもの。しかしながらこれまでのところ、彼はこの件に関して実に巧みに行動しているので（その理由は他の方々の推測にお任せしましょう）、ロンドンの印刷屋たちもアイルランドを支持する新聞をあえて刊行しようとはしていない。またここアイルランドでも、あえて彼を支持するようなものを出版するほどの恥知らずは今のところいない、というわけです。

数日前のこと、ある小冊子[*13]が私のところに届きました。五〇頁ほどのもので、ウッド氏とその銅貨鋳造を支持しており、ロンドンで印刷されていました。返事を書く必要もありますまい。ここアイルランドでこれが出版される見込みはおそらくありませんから。しかしながらこの小冊子を見て、私は、われわれが置かれている不幸な状況を考えずにはいられませんでした。イングランドの人々はこの件に関して全く分かっていないのです。それも無理はありますまい、彼らにしてみれば、全く関係のないことなのですから。おそらくは他に話すこともないような折にコーヒー・ハウスで話題になるくらいでありましょう。どの大臣も、われわれのことを擁護する新聞をわざわざ読むようなことはなされないでしょう。彼らの見解はおそらくすでに決しており、それはウッドとその配下の報告だけをもとに出来上がったものだからです。さもなければ、今申し上げた小冊子を書くような厚かましいことをする人物がいるわけがありません。われわれの隣人たちも、その理解力はわれわれと同じようなもの（格別聡明な方は別でしょうが）。彼らは、多くの国々をひどく軽蔑していますが、とりわけアイルランドに対してはそれが強い。彼らはわれわれのことをアイルランド先住民の一種だと思い込み、その先住民をわれわれの祖先が数百年前に征服したのだと考えています。私だって、彼らと同じような見方をするならば、カエサルの頃のブリトン人など、身体に彩色を施し、獣皮を身にまとっていたではないか、と言うことでしょう。しかしながら今問題にしていることについて言うと、彼らにもまだ弁解の余地はあります。なにしろ、事柄の一面についてだけ耳にし、別の一面について確かめるだけの機会もなければ興味もないので、結局は簡単に済ませるために虚偽を信じ、その結果、ウッド氏が自らに権限ありと主張するからにはきっと理もそちらにあるのだろうと結論づけているだけなのですから。

したがって、この目下の問題について、それがウッドおよびその配下の者たちの手で、イングランドではどのように言いふらされているのかを皆さんに知っていただくべく、例の小冊子から抜粋をお示しするのが適当かと思います。嘘八百のうちの二つ三つだけ、事実認識と推論に関する点だけをご紹介します。これを知っていただければ、同胞の皆さんは、両者を比較し、敵側にいかに非があるかを自らの判断で納得してくださることでしょう。

第一に、件の小冊子の書き手は、こう断言しています。「ウッドの半ペニー貨は、一人の反対もなく全国民一致のもとですでにここ数か月、アイルランドで流通しており、この貨幣流通を誰もが喜んでいる」。

第二に、この書き手によれば、「アイルランド国民がこの貨幣に反対の念を抱きつつあるのは、一部の邪悪な企みを持つアイルランド人によるもので、この連中が、ウッドの特許に異を唱え、別の特許を自分たちのものにしようとしている」などということです。

第三に曰く、「最初、ウッドの特許に強く反対した人物たちは、自分たちの利益増進のために別の特許取得を画策していた連中にほかならない」。

第四に、「アイルランド議会や枢密院、ダブリン市長、市会議員、大陪審、そして商人に至るまで、すなわちアイルランドの全国民が、いやまさに犬までも」(と、この書き手は言っているのですが)、「ウッドの半ペニー貨を好ましく思っていたにもかかわらず、先に挙げた例の数人の策士のせいで、反対運動に火がついた」。

第五に、この書き手ははっきりと、「半ペニー貨に反対しているのはすべてカトリック教徒であり、ジョージ国王の敵である」と書いています。

ここまで見てくれれば、皆さんの中でどんなに事情に疎い方であっても、この書き手が、あらゆる点で実に悪辣な嘘つきであるということが、自ずとお分かりいただけることでしょう。アイルランド全土に起きていることはまったく逆のことであり、機会さえあれば、われわれ五〇万人の署名を以てそれを確認することだってできるのですから。

第六に、この書き手はこんなふうにわれわれを口説いてもいます。曰く、「アイルランドの人々は、五シリング相当の国内の商品、国産品を二シリング四ペンス相当の銅貨で売ればいいではないですか。なるほど銅貨は溶けてしまうでしょうし、金貨や銀貨で五シリングを受け取ることもできるけれど、二シリング四ペンスを銅貨で受け取っておいた方がアイルランドの人々の儲けになりますよ」などといった具合。

そして最後に、この書き手はウッドに吹き込まれた実に立派な申し出を言い出す始末。すなわち、「アイルランドの国産品の支払いに二〇万ポンドをウッドの半ペニー貨で消費すれば、そしてさらに、三〇年間で一二万ポンドのウッド貨の貸付けに対して、三パーセントを支払えば(この書き手は、ここで、銅貨の本質的な価値以上の計算をしています)、ウッドは期限後、残された半ペニー貨に対して良貨を支払うであろう」といった調子であります。

このとてつもない悪人の手に負えぬ悪巧みと傲慢さを示すべく、今ここで、この申し出とやらをできるだけ明確にしておきましょう。第一に、(この書き手によれば)「二〇万ポンドを銅貨でアイルランドに送る」と言っている。「銅貨は自分の計算では、八万ポンドの価値があるから、この貨幣鋳造に対して一二万ポンドを支払ってほしい。つまり、アイルランドの人々に、三〇年間で一二万ポンドをお貸しするというわけである。これについて、アイルランドの人々は、三パーセントをウッドに支払う。つまり年間三六〇〇ポンドで、これが三〇年間になれば合計一〇万八〇〇〇ポンド。そしてこの三〇年の期限が過ぎた後、銅貨を自分に返してくれれば、それに相当する良貨を差し上げる」ということであります。

これが例の小冊子に記されたウッドの申し出であり、その代理人が書いたものなのです。その書き手たるや、おそらくはあの悪名高いコールビーという、諮問委員会でウッドの補佐をしていた人物、この男はアイルランドで事務官補をしていた頃、国庫横領のかどで裁判にかけられたことがあります。

さて、先の提案によると、ウッドはまず、商品もしくは正貨で二〇万ポンドを受け取ることになります。支払われる銅貨は彼の算定では八万ポンドですが、しかし実際には三万ポンドにもなりますまい。次に彼は、利息として一〇万八〇〇〇ポンドを支払えと言っていますが、三〇年経って、わが子供たちが半ペニー貨を返しに彼の遺言執行人たちのところへ行ったところで（いやもう、彼はその前にしかるべき場所に堕ちているでしょうから）、彼らは半ペニー貨など偽貨とか贋金だなどと言って受け取ることはないでしょう。半ペニー貨やその他多くのウッドが鋳造したものは、どうせそんなものなのですから。

思うに私は、オランダ式勘定*14のように、毎日やってきてはあれこれ言い繕っていくこうした商人を好きなのかも知れません。なにしろ、勘定が不当に高いと客が文句を言うと、亭主は何かおまけをつけては新しい勘定を持ってくる、という具合なのですから。

今ご紹介した小冊子やこれに類する、ロンドンでウッドの手により刊行された印刷物は、ここアイルランドではまったく知られていません。読めば、どんなに侮蔑してもしきれないような怒りを誰もが覚えるでしょう。ところがこのウッドめは、どんなふうに今過ごしているとお思いですか。ヤツは、誰からも非難されることなく、悠々と一人で馬を飛ばしているというわけなのです。イングランドにいるわずかのわが同胞たちは、われわれの声が聞こえてこないと言って訝しく思っていると思いますが、イングランドの大多数の人々は、たとえこの問題に少しは関心を示しても、ウッド貨を拒絶するのは、まさにウッドとその配下たちが喧伝しているように、アイルランド人のわがまま、強情のせいだなどと考えているのですから。

しかしながら、たとえわれわれの議論がイングランドでは印刷刊行されずとも、それは大した問題ではありません。要するにウッドには、アイルランドの人々が彼の悪貨を受け取るべきであるということをイングランドの人々が納得するよう努めさせておき、この私は、わが同胞の皆さんに、全滅の危機を冒してでも、それを受け取ってはならぬ、ということを納得してもらえばよいのです。ヤツには、それこそ最良にして最悪のことを勝手にさせておきましょう。

この文章を終える前に、ウッド氏には、まことに畏れながらではありますが、申し上げておきたい。すなわち彼は、この件に関して、名誉あるウォルポール氏〔首相ロバート・ウォルポール（一六七六―一七四五）、スウィフトが徹底的に諷刺したホイッグ党の領袖〕のお名前を何度も引き合いに出してはこれを辱めるというたいへん思慮に欠ける罪を犯している、ということです。ブリストルで印刷され、アイルランドでも再版された短い記事があるのですが、それによると、ウッド氏は、アイルランド国民が自分の硬貨を拒否するとはなんと傲慢で無礼なことか、ウォルポール氏がロンドンにお越しの折にはどうしたらよいのか思案に暮れている、などと語ったと記されています。彼はまったく誤解している、ということをここで申し上げなければなりますまい。もちろんアイルランド人だって、そう言われれば拒むでしょうけれども、ウッド貨を拒絶しているのは、実はアイルランドに住む正真正銘のイギリスの方々なのですから。やはりウッドが画策して出した別の新聞などでは、さらにあからさまに、ウォルポール氏はアイルランド人の口に無理やりウッドの銅貨を詰め込もうとしている、などと書かれています。われわれは、半ペニー貨か、さもなければ粗革靴を飲み込まなければならないだろう、と書いているものもあれば、昨日の別の新聞には、この閣下が、アイルランド人には、ウッド貨を火の玉にして飲み込ませてやると誓った、などとも記されています。*15

こうした記事を読むにつけ私の脳裏に浮かぶのは、あるスコットランド人の話です。彼は、絞首、首切り、四つ裂き、腹切りなどなどでもって死刑に処すとの宣告を受けた際、こんな調理法がなぜ必要なのか、と叫んだそうです。われわれにしても、同じ問いを発するのは道理というものでありましょう。ウッドの言うことを信じれば、ここアイルランドにはディナーが用意されていて、メニューを見ると、残念ながら飲み物はないけれども、代わりに溶けた鉛と燃え上がる瀝青がある、といった次第なのですから。

こんな汚い言葉を、国王の信頼厚く、首相と尊敬される偉大な大臣閣下が口にされたとしたら、これは何たることでしょうか？　自らの庇護者を表現するのにこんな言い方しかできないのであれば、かりに私が高位に就いた折などには、絶対に彼を接見の場には伴わないでありましょう。これは偉大なる大臣の言い方ではありません。やかんやかまどのにおいがプンプンしている。ウッドの鍛冶場から出て来たままのものにほかなりません。

粗革靴を食べなければならないなどという脅しについて、われわれは気に病む必要などまったくない。彼の硬貨が流通すれば、足を覆うあの粗末な靴のことなど、もはや国家的恥辱にはならないでしょうから。なにしろその時には、ちゃんとした靴にせよ粗革靴にせよ、アイルランドには残っているはずがありません。それにしてもウッド氏の嘘はここでもはっきりと分かります。粗革靴のことなど、ウォルポール氏は一度も耳にしたことなどあるはずがありません。

また、半ペニー貨を火の玉にして飲み込ませると言われていましたが、それもありえないこと。そうするためには、ウッド氏の硬貨や金属を一切合財溶かして飲み込めるくらいの大きさの玉に作りかえ、そこに火を入れなければなりません。彼が準備した金属、あるいはすでに鋳造した金属は、あわせて少なくとも五〇〇〇万枚分の半ペニー貨になります。それを一五〇万人が飲み込むというわけですが、そうすると、半ペニー貨二枚を一つの玉に入れるとして、われわれ皆がそれを飲み込むためには、一人あたり約一七の火の玉が必要になる。この飲用の火の玉を製造するには、職人一人が三〇の玉を作るとして、五〇万人以下ではうまく行きますまい。特に神経質な胃もあれば、小さい子供たちは駄々をこねたりしますから、一人三〇は妥当なところ。もっとよい考えがおありの方々に、私の見解を訂正していただくとして、どう見ても私には、このような企てに関わる問題やら出費やらの方が利益を上回るのではないかと思えるのであります。ですから、あの記事は偽物か、少なくとも、ウッド氏自身が新たに考えついたものに過ぎないと私は見る。悪貨をアイルランドでもっとよく流通させようと国務大臣の名をこじつけているだけのことです。

皆さんは反論されるかもしれませんが、ウォルポール氏はウッド氏の計画に反対であり、アイルランドの良き友である、ということを示しておきましょう。次の絶対的な一事だけでそれは明らかです。というのも氏は常に、賢明であること、才能のある大臣であること、そしてあらゆる行動において、氏の主人である陛下の利益になること、をお考えであり、氏の高潔さはあらゆる腐敗をも凌ぐものでありますから、氏は、あらゆる誘惑を乗り越えて運命を切り拓いて行かれる方であります。したがってわれわれは、氏に関する限り全く心配するには及ばない、氏が有するたいへんな権力と争う必要はまったくない、と考えています。ただわれわれは、

「ジュピターから遠く離れているがごとく、雷鳴からも遠く離れて」〔もともとラテン語の格言で、しばしば引用される〕、平和裏に粗革靴と芋を大事にしていればよいのです。

わが同胞の皆さんへ、皆さんの愛すべき仲間にして苦難をともにする慎ましき従僕より。

M・B

一七二四年一〇月一三日

Exegi Monumentum Ære perennius. Hor.

「ドレイピア書簡」は、1735年刊行の『スウィフト著作集』第4巻に収められ、その扉絵には、ドレイピアを名乗るスウィフトが、アイルランドを象徴する女神から感謝を捧げられている様子がうかがえる。下に記されたモットーは、ホラティウスからの引用で、「私は銅より長持ちする記念碑を建てた」の意だが、実際にはスウィフトのペンの力を讃えたものである。

訳注

＊1――「ウッド氏」とはウィリアム・ウッドのこと。解説を参照されたい。本章で話題となる「半ペニー銅貨」は、原文では half-pence と記されているが、一般的には half-penny と呼ばれるので（ペニーは単数形でペンスが複数形）、本書では「半ペニー銅貨」とした。なお一ポンドは、現在は一〇〇ペンスだが、当時は二四〇ペンス。

＊2――一ファージングは四分の一ペニー。一ファージングはしばしば「少額」の意に用いられる。ちなみにこの第一書簡の価格は、三六部で二シリング、つまり一部あたり三分の二ペンスであったから、「一部あれば一二人のためになる」とすれば、なるほど一ファージングにも満たない、ということになる。

＊3――スウィフトが執筆した「アイルランド製品の利用についての提案」（一七二〇）という小冊子のこと。これを印刷したエドワード・ウォーターズが逮捕された。

＊4――「ジェイムズ国王」とはジェイムズ二世のこと。名誉革命でイングランドを追われた彼は、一時的にアイルランドにとどまり、兵士調達のために悪貨を鋳造した。一ギニーは二一シリング。したがって、一ポンド強の価値の一ギニーが、悪貨では一〇ポンドに相当した、という意味である。ちなみにウッドの半ペニー貨は、「良貨一〇万八〇〇〇ポンドに対して、実際には八〇〇〇ないし九〇〇〇ポンドにも満たぬガラクタ」とあるので、悪化の度合いはさらにひどいということになる。

＊5――「ティロウン」とは、ティロウン伯ヒュー・オニール（一五五〇頃―一六一六）。一五九四年、スペインのフェリペ三世の支援を受け、アイルランドにおけるイングランド支配に反旗を翻

した。イングランド支配に対する強力な抵抗は九年に及んだが、後に鎮圧された。

＊6――古代シチリアのアクラガスの僭主ファラリス（紀元前五五四頃没）は、残虐をきわめ、ペリルスなる者の作った真鍮製の雄牛に人を入れて焼き殺したと言われている。ファラリスの名は、スウィフトの『書物戦争』（一七〇四）にもイソップとともに登場する。なお、ファラリス書簡として知られる一四八通の書簡は二世紀末の贋作。

＊7――この第四書簡は、アイルランドの新総督に就任したジョン・カートレット（一六九〇―一七六三）のアイルランド到着に合わせて刊行された。カートレットはホイッグ党の大物政治家だが、首相ロバート・ウォルポール（一六七六―一七四五）の政敵であり、スウィフトのカートレット評は賛否相半ばしており、このカートレットを、『ガリヴァー旅行記』に登場する政治家レルドレサル（第一篇）、大人国ブロブディンナグ王（第二篇）に擬する研究者もいる。

＊8――ダチョウが鉄を喰らうというのは民間俗説だが、口に鉄をくわえたダチョウの図は中世以来多く見られる。

＊9――「先の国王の時代」というのは、例えば第一書簡に言及の見られるジェイムズ二世のように、悪貨の流通をアイルランドに強いた最近の国王の時代のことを指す。

＊10――ステュアート家再興をめざし、ジョージ一世を迎えたイングランド政府に反旗を翻した一七一五年のジャコバイトの乱において、アイルランド兵は、カーペンター将軍の指揮のもと、反乱軍をイングランド北西部のプレストンで撃破し、反乱の鎮圧に大きく貢献した。

＊11――「モリノー氏」とはアイルランドの自然科学者で政治に関する著述も多いウィリアム・モリ

ノー（一六五六―一六九八）のこと。モリノーはロックの友人でもあった。彼は一六九八年、「イングランド議会の法によって拘束されているアイルランドの問題について」という小冊子を著した。

*12――時の宰相ロバート・ウォルポールのことを指すとされる。

*13――この小冊子とは、「四分の一ペニー貨および半ペニー貨をめぐるアイルランドでの奇妙な論争の詳細――ダブリンのあるクウェーカー教徒との対話」（一七二四）というもの。この小冊子の作者については、本文に「あの悪名高いコールビー」ではないかとの推測が記されているが、これをダニエル・デフォー（一六六〇―一七三一）によるものとする研究もある。

*14――「オランダ式勘定」というのは、費目の詳細を記さず、総額のみを請求書に記載する方式。

*15――これも実在の記事で、一七二四年一〇月一二日付『ダブリン・インテリジェンサー』紙および『フライング・ポスト』紙に見られる。「粗革靴」とはブローグ（brogue）のことで、アイルランドやスコットランドで常用される粗革製の靴。

Ⅲ　慎ましき提案

[3]

A

MODEST PROPOSAL, &c.

T is a melancholly Object to those, who walk through this great Town, or travel in the Country, when they see the *Streets*, the *Roads*, and *Cabbin-Doors*, crowded with *Beggars* of the female Sex, followed by three, four, or six Children, *all in Rags*, and importuning every Passenger for an Alms. These *Mothers* instead of being able to work for their honest livelyhood, are forced to employ all their time in Stroling, to beg Sustenance for their *helpless Infants*, who, as they grow up either turn *Thieves* for want of work, or leave their *dear native Country to fight for the Pretender in Spain*, or sell themselves to the *Barbadoes*.

I think it is agreed by all Parties, that this prodigious number of Children, in the Arms, or on the Backs, or at the *heels* of their *Mothers*, and frequently of their Fathers, is *in the*

A 2 *present*

「慎ましき提案」（1729）の第1ページ。スウィフトのパンフレットは、いずれもこのように、印刷や体裁が粗雑なまま刊行された。

慎ましき提案

アイルランドにおける貧民の子供たちが親や国の重荷とならぬようにするために、彼らが公益に資するようにするために。一七二九年執筆

この大きなダブリンの街を歩くにつけ、あるいはこのアイルランドという国を旅するにつけ、路地や道、あるいは粗末な家の玄関先に女乞食が群がり、その後に三人、四人、いや六人ほどの子供たちがボロをまとって通行人にしつこく施しを求める様子を目にするのは、実に嘆かわしいことである。母親たちは、まっとうな仕事をして稼ぎを得るのではなく、物乞いをして歩き回ってはなんとか無力な子供たちを食べさせていかねばならない。そしてこの子供たちはといえば、長じても仕事がないから乞食になるか、愛すべき祖国を離れて僭王のためにスペインで戦争に加わるか、もしくは自ら身売りしてバルバドス送りになるか、といった具合なのである。*1

母親の、あるいは父親の場合もしばしばだが、腕や背、あるいは足もとにいるこうした子供たちのおびただしい数は、当今のわが王国の嘆かわしき状況の中にあっていっそうその深刻さ

を増すものである、ということは党派の別にかかわらず意見の一致を見るところであろう。したがって、この子供たちをわが国にとって健全で有益な構成員とする公平にして安上がり、なおかつ簡便な方法を見出した人物は、公益の増進に資するところ大であるとして彫像を立てるに値すると言ってもよかろう。

しかしながら筆者の意図するところは、どこから見ても明らかなこうした乞食の子供たちにのみ向けられたものではなく、より広い範囲に及ぶものである。つまり、道端で施しを求めている子供たちはもちろんのこと、事実上、養育が困難な親のもとに生まれた子供たちも含めて、ある年齢の幼児全体にかかわることなのである。

私は長らくこの重大な問題についていろいろ思案をめぐらせ、諸家の説にも十分比較検討を加えてきた。諸家の計算にはいつも大きな計算違いが見られる。なるほど生まれたばかりの子供は、母乳さえあればなんとかなるものであり、ほかに必要な栄養などは一歳になるまではさほどない。せいぜい二シリングもあれば十分で、その程度であれば母親の物乞いも常識的だし、ボロを売ってでもなんとかなるであろう。だが私が考えているのは、まさにこの一歳の子供たちに対して、親や教区の負担になったり、その後の人生において衣食に事欠いたりといったことがないようにするものである。それどころか彼らは、多くの人々の食糧不足や、場合によっては着るものがないと言っている人々のためにも大きな貢献をすることになるのである。

私の計画には、もうひとつ大きな利点がある。女性たちが、堕胎したり非嫡出子を殺したりといったことをしないで済むのである。ああ、恥よりも金を惜しんで何も知らぬ哀れな赤ん坊を犠牲にすることが実にたびたび起きているではないか。どんなに冷淡で残忍な人間であっても、憐憫の涙を禁じえないのではあるまいか。

アイルランドの人口は、通常、一五〇〇万人と考えられている。この中で子供を産む可能性のある夫婦はおよそ二〇〇万組。そこから子供を十分に養育できる三万組を差し引くことにしよう。もちろん、当今のわが王国が置かれた悲惨な状況下にあっては、子供を養育できる夫婦がそれほど多くはあるまいが、いちおうこの数を認めていただくなら、残りは一七万組。ここからさらに五万組を差し引く必要がある。というのは、流産したり、一歳にならぬうちに事故または病気で死んだりする場合があるからだ。そうすると、貧しい親のもとに生まれる子供の数は、年間一二万人ほどということになる。つまり問題となるのは、この数の子供たちをどう食べさせ、またどう育てるか、ということである。もちろんすでに述べたように、当今の状況では、彼らを食べさせ、育てることは、これまで提唱されてきたいかなる方法によっても、絶対的に不可能である。われわれは彼らを手仕事や農業に使うわけにもゆかず、家を建ててあげる（もちろん田舎にだが）こともままならず、土地を耕してやるわけにもゆかない。見込みのある子供なら盗みをして生活の足しにすることもあるが、それも六歳にならなければまず無理だ。その準備くらいは早目にすることもできようが、それは見習いとしてよく指導されてはじめてできること。カヴァン州のある高位の紳士など、六歳以下の窃盗の事例は、一、二を除いて聞いたことがないと私に文句を言う始末、迅速なる窃盗術習得にかけては王国中、カヴァン州に比肩する地はないと言われる場所にあってさえもそうなのである。*2

またわが国の商人によれば、一二歳以前の子供は男女とも売り物にはならないし、たとえ一二歳になったところで、三ポンド、もしくはどんなによくても三ポンドと半クラウンくらいにしかならないそうだ。これでは親にとってもわが王国にとってもほとんど役には立たない。食べ物やボロ服だけでも、その四倍は少なくともかかっているのだから。

そこで私は今、控えめながらもこのことについての愚見を述べたいと思う。いささかの反駁もまずはあるまいと思っている。

ロンドンにいる私の知己で、いろいろなことをとてもよく知っているアメリカ人がいる。この人物によれば、大事に育てられた一歳になる健康な幼児は、たいへんおいしく、滋養にも優れ、実に結構な健康食品であり、シチューにしても炙っても焼いても煮てもよいそうである。フリカッセもしくはラグー〔いずれもシチューのような煮込み料理〕に相当すると言ってもよかろう。

それゆえ私がここで控えめながらも広くお考えいただきたいと思っていることは、次の通りである。すなわち、先に計算した一二万人の子供たちのうち、二万人は子孫のために残す。そのうち男子は四分の一だけでよい。これでも羊や肉牛、豚などの場合に比べて多いくらいだ。なぜ男子は四分の一でよいかというと、こうした子供たちは、下賤の者どもにしてみれば考えたこともないような正式なる結婚の果実として生まれ出た場合はほとんどなく、したがって男が一人いれば、四人の女に子を産ませるには十分だからである。そして残る一〇万人については、一歳になったならば、王国を通じて、身分も財産もある人々に売られていくということにする。母親たちには、特に最後のひと月はたっぷりと乳を飲ませ、丸々と太らせて食卓に提供できるよう常に留意させる。友人をもてなす場合、幼児一人で料理は二つできる。家族だけで食べようとする場合、まずは両手両足だけで十分であろう。残りは胡椒ないしは塩をちょっとふって味付けをし、四日目に煮て食べるのがよいだろう。特に冬場は最高だ。

平均すると生まれたばかりの子供は一二ポンド、一年経つと、よく育てられれば、二八ポンドにまでなる。

この食べ物はいささか高価なものであるから、地主の方々にふさわしいのではあるまいか。なにしろこの方々は、子供の親たちをすでに貪り尽くしているのだから、子供たちを食す資格あり、というわけである。

子供の肉は一年を通じていつでもおいしいが、なかでも三月およびその少し前と後は旬である。というのも、フランスの偉大な作家にして著名なる医師である人物が言っているように、魚は子作りを促す食べ物であり、四旬節から数えて九か月後、ローマ・カトリックの国々にはほかの時期に比べて子供が多く生まれる、とされるからだ。[*3] したがって、計算してみると、四旬節の一年後あたりになると、市場はいつもより食料に満ちているということになる。というのもわが王国では、ローマ・カトリックの子供たちの数は、それ以外の子供に対して少なくとも三対一であり、こうすることで、わが国民の中のローマ・カトリック教徒を減らすことにも役立つのである。

乞食（この中には、小作人と肉体労働者のすべて、それと一般の農民五分の四が含まれる）の子供一人を養うのにどれくらいの費用がかかるかについてはすでに計算済み。ボロ服を含めて一年で二シリングほどである。紳士ともなれば、よく肥えた幼児一人の体に一〇シリングを惜しむまい。これだけあれば、先に述べたように、少々の友人ないしは自身の家族との食事に滋養豊かでおいしい肉料理が四品が並ぶのだから。かくして紳士は気前のよい地主として振舞うことができ、その名声は配下の住民に高まるばかり。母親はと言えば、正味八シリングの収入を得ることになり、次の子供を作るまでの間は十分に仕事をしていけることになろう。

いささか倹約家の方々は（なにしろこういうご時世なので）、幼児の体からさまざまなものをはぎ取ることもできる。なかでもその皮膚は、巧みに仕立てれば、淑女方のすてきな手袋や粋な紳士方の夏用の靴ともなろう。

　またわが街ダブリンとしては、専用の屠畜場を市中最も都合のよい場所に設け、また肉屋が不足しないようにする必要がある。*4 もっとも私個人としては、子供を生きたまま購入し、ちょうど豚の炙り焼きのように、できたてをナイフで切り分けるのがおすすめである。

　ところで最近、この件について、まことに尊敬すべき真の愛国者であって、その人徳を私自身高く評価しているさる人物と話し、彼は喜んで私の計画にさらなる磨きをかけてくれた。というのも、彼が言うには、最近わが王国の紳士方の多くが鹿の飼育に失敗しており、鹿肉の不足を補うのに、一四歳を超えず、しかし一二歳を下らぬ程度の若い男女の肉がちょうどよいとのこと。どの国でも、仕事先、奉公先がなくて餓死寸前の男女の大半がこれにあたり、親が生きていれば親の意向によって、亡くなっている場合には最も近い親戚の考えで、このようなことはすぐに実行可能であるというのである。もっとも私は、このような優れた友、そして賞賛すべき愛国者にしかるべき敬意を払うものの、必ずしも彼の考えに賛成するわけではない。というのも、件のわがアメリカの知人が豊富な経験から話してくれたところでは、男の子の場合、学校に通っている少年などがそうであるように、よく運動しているので、その肉は通常硬くてやせており、味もよくないと思われるからだ。しかも彼らを太らせるのは割に合わない。他方、女の子については、かく言うのは誠に非礼の極みながら、彼女たち自身がまもなく子を産むということを考えると、いささか公的な損失になってしまうのではないか、と危惧される。そのようなことは実に残酷だと言って非難する者も（まことに不当な誹りにほかならないのだが）、お堅い人々の中にはいるであろう。実のところこの私も、これまでは、どんなによく考えられた企てについても、残酷だと言ってはこれに反対してきたのである。

しかしながらここで、わが友のために弁じておかねばなるまい。というのも、彼によれば、彼がこの方法を思いついたのは、台湾出身で二〇年以上も前にロンドンに住み着いたかのサルマナザールによるものだというのである。*5 そしてこのサルマナザールによると、台湾では、たまたま若者が亡くなると、葬儀屋はその遺体を高位の人物にたいへん美味なるものとして売り渡すのだという。彼が台湾にいた頃の相場では、皇帝陛下毒殺未遂の罪で処刑された一五歳のふっくらとした女の子の場合、陛下の宰相および宮廷の高官たちに処刑台から降ろされた肉塊の形で売り渡され、四〇〇クラウンであったという。このダブリンの街のふっくらとした少女たちも、どうせ一文の足しになることもなく、輿がなければ国の外へも行けず、お金を払わないために外国の衣装を着て劇場や社交の場に出ることも叶わないのだから、これと同様の形で活用されたなら、この王国もこれ以上ひどくなることは決してあるまい、と私は思うのだ。

悲観論者の中には、高齢、病弱、障害者などの貧民があふれるほどいることに懸念を抱く者もあろう。実際私はこれまで、そのような嘆かわしき厄介者を追い払って国民の難題を快適にするにはどのような方策を取るべきか、ずっと考えてきた。だが私は、この問題に関していうと、少しも心配してはいない。そうした者たちは、日々、寒さや飢え、不衛生、害虫などによって早々にこの世を去り、朽ち果てていくからだ。若き労働者についても、かなり望ましい状況にあると言ってよいであろう。彼らには仕事がなく、その結果、食うに困って痩せ衰えていくばかり。まれに普通の仕事に偶然就くことがあったにせよ、力が足りず何もできはしない。そういうわけで国は、そして彼ら自身も、来るべき最悪の事態からじきに救われるというわけだ。

いささか長く脱線してしまったようだ。本題に戻ろう。私の提案したことによる利点はまことに明白であってその数も多く、きわめて重要なものばかりである。

第一に、すでに述べたように、私の計画によって、わが国を荒廃させているローマ・カトリック信者の数を大いに減らすことができる、ということである。彼らこそ、わが国の子供を増やしている元凶であり、同時にわれわれの最も危険な敵なのである。彼らはこの王国を僭王に引き渡すべく国内にわざととどまっている。善良なるプロテスタントたちが、国に残って意に反した十分の一税を偶像崇拝の牧師に納めるくらいなら国を去るという選択をして不在になるのを、巧みに利用しようというわけである。[*6]

第二に、貧しき小作人たちも、これにより、法によって差し押さえられてしまいかねないような、何か値打ちのあるものを手に入れられるであろう。それによって地主に地代を支払うこともできるはずだ。なにしろ、穀物や山羊はすでに没収されており、お金など見たこともないといった具合なのだから。

第三に、二歳以上の子供一〇万人を養うとすれば、一人あたり年間一〇シリングは下らないのだから、私の方策を実施すれば、国家の財政は一年で五万ポンドは増えるということになる。加えて、新たな料理が王国のすべての資産家紳士諸氏の食卓に並ぶことになるのだから、彼らの味覚は向上するし、お金も流通することになる。出回る商品はみな国内産だ。

第四に、定期的にお産を続ける女性は、一年あたり正味八シリングを得るだけでなく、子供を売ることで、一歳を過ぎてしまった子供の養育費をも免れることができよう。

第五に、この食べ物はまた、居酒屋の改革を促すであろう。というのもきっと居酒屋のワイン商人が頑張ってこの食事の調理法を完璧なものにし、その結果、美食家をもって知られる紳士方がその居酒屋を訪れるようになるからである。またお客の好みを心得た巧みな料理人であれば、彼らが喜ぶくらい高価な料理に仕立てることであろう。

第六に、私の提案する方策は、結婚を促すことにもつながるであろう。賢明な国はどこでも、報酬を出して結婚を促したり、法や罰金によって強制していたりする。母親は、貧しい赤ん坊にも確たる生き方があり、何らかの形で公的に、出費ではなく儲けが与えられると分かれば、存分に優しく愛を注ぐであろう。するとやがて彼女らは実に公正な競争を始めるはずだ。誰が一番ふっくらとした子供を市場へ送ったか、というものだ。旦那の方は、妊娠中の妻をたいへんいたわるようになる。ちょうど彼らが、幼い雌馬や雌牛、あるいはお産間近の雌豚をたいへん大事にするようなものである。流産してはたいへんだから、間違っても妻を殴ったり蹴ったりはしない（今はたびたび見られることなのだが）。

利点を数え上げれば、ほかにもたくさんある。樽詰め牛肉の輸出に一〇〇〇もの幼児肉が加わることになる。豚肉も普及する。ベーコンを作る技術が向上することも間違いなし。われわれの食卓をたびたび襲う深刻な豚不足も、よく育った一歳児の肉があればなんのその、味も量もこの上なしだ。丸焼きにすれば市長の正餐会やその他の公の催しの折にもたいへんな目玉となろう。だがここではこのくらいで切り上げたい。簡潔を旨としているからだ。

この街で幼児肉を頻繁に食べる家庭を、かりに一〇〇〇としよう。そのほかに、結婚式や洗礼式のようなお祝いごとの際に食べる家庭もあるから、このダブリンで幼児肉は、年間、二万体ほど必要になるという計算だ。残る八万体は、王国の他の地域（おそらくダブリンよりやや安くなろうが）で売られることになる。

私のこの提案に対する反対意見は、王国における人口減を強力に推し進めることでもないかぎり、まずないであろう。実は私には、この提案を公にするにあたって、ひとつ大事な意図がある、ということを言っておきたい。つまり本書の読者には、私がこの方策を、ここアイルランド王国のためだけのものとして考えているのであって、過去、現在、未来を問わずこの世の他の王国にあてはまるとは思っていないということである。だから、その他いろいろ考えられる方策などについては、誰からも話しかけてほしくないのだ。[*7] やれ不在地主には一区画あたり五シリングの課税とか、やれ国内製以外の服や家具を使ってはならないとか、やれ海外の華美装飾品については一切厳禁とか、やれわが国の女性たちの高慢、虚飾、怠惰、賭博に関わる浪費を矯正するとか。質素倹約にして思慮深く、節制する精神を導入せよとか、祖国愛を身につけよとか、その祖国にあってわれわれは北極のラップランド人や南米のトゥピナムバ人〔ブラジルの東海岸に住む一民族〕とは全く違うのだとか、敵愾心（てきがいしん）や党派心を捨て、自分たちの街がまさに侵略されようとしているとしている時に殺し合ったりするユダヤ人のような振る舞いは金輪際やめよ、とか。[*8] 国と良心を無駄に売ったりせぬよう少しは注意深くせよとか、地主に対して、少なくともわずかばかりの慈悲の心を借地人に持つよう教えよとか、そして最後に、わが国の小売店の店主には、誠実さと勤勉さ、それからしかるべき技を教えよ、とか。なにしろ、国産品だけを買うとわれわれがひとたび決めれば、連中はすぐさま値段や量、質などの点でわれわれをごまかし無理な取り立てをするに決まっている。連中は、こちらが何度も熱心に求めているにもかかわらず、まっとうな取引に関する公正な提案の一つもしてはいないのだ——。

そういうわけなので私は繰り返したい。上記のようなことについてなら、もう誰も私に話しかけないでほしい。これらのことを実現する確かな、実のある試みがなされるであろうという、何らかの希望の光でも見えない限りは、である。

私は何年もの間、あれこれ無為に思い悩んだり空想に耽ったりしてきたためにいささか疲労困憊し、ついにまったく絶望的かとあきらめかけた矢先に、幸運にもこの提案を思いついたという次第である。まったく新しい提案で、確かな現実味があり、費用はかからず、まずは支障もなし、実現の鍵を握るのはわれわれ自身である。しかもこれによってイングランドの機嫌を損ねる心配もない。なにしろこの種の商品は輸出に耐えられるものではない。幼児肉は全体がたいへんやわらかであり、長時間塩漬けにしておくことはできないからだ。もっとも、幼児肉などとは言わず、おそらくはわが国民すべてを食い尽くしたいと願っている国の名を挙げることもやぶさかではないのだが。[*9]

もちろん私は、自分の提案に固執し、他の賢明なる諸氏による同様の無害にして安上がり、簡単にして効果覿面といった方策についての提案にはいっさい耳を傾けない、などというつもりはまったくない。しかしながら、私の案とは異なるそうしたよりよき提案が実行に移される前に、世の諸賢には、ぜひとも次の二点についてご検討いただきたいと思うのである。すなわち第一に、目下の状況に鑑み、役にも立たぬ一〇万もの口と体に食料と衣服をどうすれば提供できるのか、ということ。そして第二に、この王国には全体でおよそ一〇〇万もの人間の形をした生き物が暮らしており、その生活の資を普通に計算すれば、正味二〇〇万ポンドの借金を彼らに負わせることになるということである。もちろん実際には、大多数の農民、小作人、肉体労働者、その妻と子供たちのように実質的に乞食という人々に加え、まさに乞食専業というべき人々もいる。私の提案に顔をしかめ、場合によっては回答しようなどと考える政治家諸君に対して私が望むのは、まずはこうした人間の親たちに、自分が一歳だった時、前述のような仕方で売られていたら、今頃はさぞかし幸せであったろう、その後絶えず味わい続けてきた悲惨な光景など見ずに済んだのに、などとは考えないかどうか、よく訊いてみるがいい、ということだ。地主に抑圧され、金も仕事もないので地代を払えず、食べ物は不足し、厳しい天候から身を守る家も服もなく、同じようなこと、いな、もっと悲惨なことが代々続いていくに決まっているという、この状況を見ずに済んだのに、と思うことはないかどうか、よく訊いてみるがいい。

私はこのやむを得ざる計画を進めるに際して、正真正銘、何ら個人的な利害を持つ者ではないということを明言しておきたい。貿易を促進し、子供に食事を与え、貧しき者を楽にし、富める者にも多少の喜びを与えることをもって、わが国の公益を増進すること以外には何の関心もないのである。私には一ペニーでも稼ぎになるような子供はひとりもいない。一番下が九歳、妻はすでに子育てを終えている。

訳注

＊1――「僭王」とは、名誉革命で追放されたジェイムズ二世の子ジェイムズ・フランシス・エドワード・ステュアート（一六八八―一七六六）のこと。ステュアート家復興を画策し、ステュアート家支持者（ジャコバイト）による反乱を繰り返したが、この反乱にスペインの実質的な宰相であったアルベローニ（一六六四―一七五二）が加担したことがあり、そこにアイルランド人が従軍したことを指す。またアイルランド人は、アメリカ大陸での傭兵になることも少なくなかった。

＊2――「カヴァン州のある高位の紳士」とは、スウィフトの友人であったトマス・シェリダン（一六八七―一七三八）を指すものであろう。カヴァン州出身の聖職者で、後に王立カヴァン学校の校長となる。俳優として有名なトマス・シェリダンの父であり、劇作家リチャード・ブリンズリー・シェリダンの祖父。

＊3――「フランスの偉大な作家」とは、フランソワ・ラブレーのこと。『パンタグリュエル物語』の第五書第一九章に見られる。四旬節（レント）とは、キリスト教で、聖杯水曜日からイースターまでの四〇日間（二月から三月）のことを指す。

＊4――当時、ダブリンの肉屋にはカトリック教徒が多かったとされる。

＊5――ジョージ・サルマナザール（一六七九頃―一七六三）のこと。フランス出身でありながらロンドンでは台湾人と称し、『フォルモサ（台湾誌）』（一七〇四）という偽書を刊行して一世を風靡した。

＊6――ローマ・カトリック教徒を「最も危険な敵」とする見方は、スウィフト自身の言動とは全く

異なるもの。「善良なるプロテスタントたち」とはアイルランドのプレスビテリアン（長老教会主義）信者のことで、アメリカへ渡る者が多かった。「十分の一税」とは、教会や牧師の費用に充てるために住民が所得の十分の一を納めていたことを指す。

＊7――「その他いろいろ考えられる方策」については、スウィフト自身、多くの文書を公刊していたが、その効果はほとんどなかった。そのことに対する諷刺的記述である。

＊8――ローマ皇帝ティトゥス（三九―八一）がエルサレムを陥落させた際に総力を結集できなかったユダヤ人の混乱のことを指す。

＊9――当時、イングランドの海軍ではアイルランド産の塩漬け牛肉を常食としており、おそらくはそのことへの揶揄が含まれていよう。

Ⅳ　淑女の化粧室

THE

LADY's

DRESSING ROOM.

To which is added,

I. A POEM on cutting down the OLD THORN at *Market Hill.*

II. ADVICE to a PARSON.

III. An EPIGRAM on ſeeing a WORTHY PRELATE go out of Church in the Time of Divine Service to wait on his Grace the D. of *D.*

By the Rev. Dr. *S*——*T.*

The SECOND EDITION.

We may obſerve, the fineſt Flowers, and the moſt delicious Fruits, ſometimes owe their Nutriment and Increaſe to ſuch kind of Matter, as is moſt offenſive to the Senſes, which themſelves have the greateſt Power to gratify.

FIDDES.

LONDON,

Printed for J. ROBERTS at the *Oxford Arms* in *Warwick Lane.*

MDCCXXXII.

(Price Six Pence.)

「淑女の化粧室」（1732）のタイトル・ページ（第2版）。

五時間も（いや、それより早くできる方なんておられませんが）、
お化粧三昧のシーリア様が、
女神よろしくお部屋をご出発、
レース、金襴、薄絹に飾られて。

ストレフォン、ご婦人の部屋が無人であることを知り、
ふだんはおそばに仕えるベッティと、
中へ忍び込み、その様子を検分、
散らかったごみの山のありさまを、
分かりやすくお知らせすべく、
その一覧をここに記す次第。

まずは肌着を発見、
腋の下は汚れ放題。
いたずら小僧のストレフォン、これを大きく広げ、
あちこちひっくり返してみる。
あまり多くを語らぬがよろしかろう、
あとは読者の推測にお任せする、とストレフォン、
ただ、彼曰く、皆なんと嘘つきなのか、
シーリア様のことを麗しく、清潔だなどと言っているのだから、と。
次に彼が引っ張り出したのは、
各種の用途を持つ櫛の数々、
ごみが溜まって、固まってしまい、
どんなブラシも、歯と歯の間を通ることはあるまい。
その後ろにはいろいろなものが混ざった練り粉状のもの、
見れば、汗、ふけ、おしろい、鉛白、髪の毛。
額を覆う布地には、
額のしわを伸ばす油がしみこみ、

発汗抑止のミョウバン粉からは、
不快な酸っぱい汗のにおい。
あちらには犬の皮の夜間手袋、
愛玩犬が死んだ時に作ったもの。
それから子犬の小水で作った化粧水、
かの愛玩犬の子犬の小水を蒸留したもの。
そうかと思うとこちらには、各種の壺と小瓶があり、
中には、化粧水やら練り粉やら、
髪油、顔料、洗面水、
ひび割れ防止のクリームなど。
そばには不潔な洗面器、
手を洗った残り水でできたならしい、
この洗面器、なんでも来いといった調子で、
歯磨き後のかすもあり、
醜く濁って各種の色が混ざっている、
つばも汚物も、皆ここへ来るのだからたまらない。

ああ！　それにしても、かわいそうに、ストレフォンの腸（はらわた）がひっくり返ったのは、
あのタオルを目撃し、そのにおいを嗅いだ時のこと。
ベトベト、ドロドロ、ヌルヌル、
埃や汗や耳垢でもう真っ黒。
もはやストレフォンの目に逃げ場はなく、
下着の山は散らかり放題、
忘れられたハンカチ各種には、
どれもこれも、洟をかんだり鼻汁を拭いたりしたあとがツヤツヤしている。
ストッキングの秘密を明かせば、
もう足指の悪臭に満ち満ちている。
脂ぎった頭巾、不快なにおいを発する寝台用帽子、
シーリア様は一週間も、洗濯せずにこんなものを身に着けておられたのか？
次に彼が見つけたのは毛抜き、
眉毛を弓形にしたり、
額に垂れ下がった髪を抜いたり、
顎に生えた剛毛を取り去ったりするためのもの。

ここで見落としてはならないのが、
シーリア様の化粧鏡。
びっくりしたストレフォンが恐る恐る鏡をのぞいてみると、
そこに写っているのは巨人の影。
つまりはこの鏡、
シーリア様が鼻の中の小さな虫を見つけ出し、
爪の先を正確に当てて、
虫の頭から尻尾までぐいっと押しつぶすためのもの。
頭を正確に捕まえれば、
虫が生きているか死んでいるかは分かりますから。

ストレフォンよ、まだ他のことも話すつもりか？
あの大箱のことをどうしても語るというのか？
ああ、シーリア様はなんと不注意なことか！　誰も彼女に忠告しないのだ、
あの箱を部屋の隅に移しておくようにと。

あの箱はもう丸見えのまま置き放しで、
汝の意地悪の餌食となる。
職人の技もむなしく、
偽の輪を付けようがちょうつがいを付けようが、
ごまかそうと思っても、あの大箱は、
野卑な気持ちに駆られた彼の目にはむだというもの。
中をのぞき込もうとストレフォン、
何があっても揺るがぬ覚悟で、
ふたを開けてみれば、万事休す、
その悪臭は、すでに彼が前々から感じていたもの。
パンドラの箱の中からは、
エピメテウスが鍵を開けてみると、
人間の姿をしたあらゆる悪が、にわかに、
次から次へと立ち昇って来たと言われるが、
それでもエピメテウスは、少しは安堵したはずだ、
箱の中に「希望」が残されたのだから。[*1]

他方、箱の中に隠されているものを知ろうとして、
ふたを開けたストレフォン。
そのにおいは穴から吹き出し、漂っていたが、
さすがに、ストレフォン、
「希望」を求めて、鍋の底を探り、
手を汚すことは控えた。
なんたること、こんな不潔な容器を、
シーリア様のお部屋で目にしようとは！
ああ、せめて、もう少しよくわきまえておられたなら、
「灰色に包まれた深淵の秘められた世界[*2]」ということを！

肉の中でも極上なのは、羊肉の切り身で、
巧みに塩をまぶしてよく叩いたもの。
調理の際に大切なのは、
きれいな火でこれを焼くこと。
せっかくの切り身から、

脂肪が燃えかすの上に落ち、
火がいやなにおいを発して燻(くすぶ)ってしまうと、
肉はすっかり損なわれ、
いやなにおいを発するので、
みなさんは、不注意な料理娘を難じることでしょう。
それと同じことで、この口に出すのも憚られるものが、
大箱の中に充満し、
悪臭を放っていれば、
この口に出すのも憚られるものが落下したもとの場所をも汚すは必定。
それればかりでなく、下着にもガウンにもにおいがつき、
部屋中に悪臭が漂ってしまうのです。

かくしてこの壮大なる観察を終えたストレフォン、
打ちひしがれて部屋をあとにし、
恋の発作のようにただ繰り返して曰く、
ああ、シーリア様、シーリア様、シーリア様が糞をする！

しかしながら復讐の女神は、決して眠ってはおらず、
のぞき見をしたストレフォンにすぐさま罰を科す。
薄汚れてしまった想像力のせいで、
麗しき女性を見るたびに、彼はいつも臭気を感じてしまうのです。
そしてまた、不快な臭気が漂ってくると、
そばにご婦人が立っているのでは、と思ってしまうのです。
あらゆる女性は、彼の描いた通りの姿に見え、
女性と臭気は、奇抜な機知のように結びついてしまったのです。
二つのものは相変わらずまったく別物に見えるのに、
ひどく汚れた空想が両者を瞬く間に結びつけてしまうのです。
私は、女性のもつさまざまな魅力が
まったく感じられなくなってしまったみじめなストレフォンをかわいそうに思います。
悪臭を放つ汚泥から生じたからといって、
愛の女王をしりぞけることなどありましょうか？
ところが、舞台裏をのぞいてしまった彼の目には、

恋のお相手も、もはやあばた面の娼婦でしかないのです。
シーリアがその麗しき姿を見せる時、
ストレフォンも鼻に詰め物をしておけば、
(なにしろ彼は、不敬にも、
彼女の軟膏やら塗り物やら白粉やらクリームやらを、
また、手洗い水やら洗面後の汚水やら汚れ布やらを、
捜索するという大罪をしでかしたのですから)
彼もそのうち私のように考えられるようになるでしょう。
そして、喜んで、すっかり見とれるようになるはずです、
秩序が混乱から生み出され、
美しきチューリップが汚泥から育つのを見て。

訳注

＊1――「パンドラの箱」はギリシャ神話に登場するもので、ゼウスが美女パンドラに持たせたこの箱の中には、あらゆる災いが詰まっていた。彼女と夫のエピメテウスが地上に着いた時、好奇心からこれを開けてしまい、あらゆる災いが地上に飛び出してしまったが、急いでふたを閉めたので希望だけが残ったという。

＊2――「灰色に包まれた深淵の秘められた世界」とは、ジョン・ミルトンの『失楽園』の第二巻八九〇―八九一行に見られるもので、夜と混沌が相争う世界である。

Ⅴ　召使心得

Manuscript of Dean Swift

Directions
To Servants.
Cap. 1.
Directions to the Butler

In my Directions to Servants, I find from my long Observation, that you, Butler are the principal Party concerned. Your Business being of the greatest Variety, and requiring the greatest Exactness, I shall, as well as I can recollect, run through the several Branches of Your Office, and order my Instructions accordingly.

In waiting at the Side-board take all possible Care to save Your own Trouble, and Your Master's Drink and Glasses. Therefore first, since those who Dine at the same Table, are supposed to be Friends, Let them all Drink out of the same Glass, without washing; which will save you much Pains, as well as Hazard of breaking them. Give no Person any Liquor till he has called for it thrice at least;

by

「召使心得」の中の「執事の心得」を記したスウィフトの手稿。最初は「召使」の前にPoorが付されていたことが分かる。

総則――あらゆる召使のために

総則
および
特に次なる者のために
執事（バトラー）、料理人（クック）、従僕（フットマン）、馭者（コーチマン）、馬丁（グルーム）、家屋および土地の管理人（ハウス・ステュアード、ランド・ステュアード）、玄関番（ポーター）、乳搾り女（デアリー・メイド）、部屋係（チェインバー・メイド）、乳母（ナース）、洗濯女（ラウンドレス）、女中頭（ハウス・キーパー）、女家庭教師（テュートレス、ガヴァネス）[*1]

尊師スウィフト博士による

旦那さまか奥さまが、ある召使の名前を呼んだとしても、召使本人がその場にいなければ、誰も応える必要はありません。そんなことをしていてはいつまでたっても自分の仕事が終わらないし、旦那さまも、呼ばれた当人が呼ばれた時に来れば十分と思っているのですから。失敗をしても何食わぬ顔をして、自分こそ被害者だといった調子で振る舞っていればよろしい。じきに、旦那さまや奥さまの方が鉾を収めるでしょう。

召使仲間の誰かが悪いことをしているのを見ても、黙っていること。告げ口したなどと言われてはいけませんから。でもひとつだけ例外があって、それは、旦那さまのお気に入りの召使の場合。これは当然みんなから憎まれていますから、みんなの過失をその召使に負わせるのは、実に賢明というものです。

料理人、執事、馬丁、買い出し人など、一家の支出に関わる召使たちはみな、旦那さまの財布がそれぞれの召使の仕事のみのためにある、と考えて行動すればよいでしょう。たとえば、料理人が旦那さまの収入は年間一〇〇〇ポンドと割り出したとすると、この料理人は、これだけあれば肉を十分買えると思えばよい。節約など考える必要はありません。執事も同様に考えてよろしい。下男も馭者もそう。こうすれば、あらゆる支出の点で旦那さまの名誉が満たされるというわけです。

召使が人前で叱られ（そういうことは、旦那さまや奥さまには申し訳ありませんが、あまり行儀のよいことではありません）、見知らぬお客人が何か言い訳をしてくれるということがよくあるでしょう。そのような場合、召使は、自身を正当化する資格が与えられたと考え、以後、再び旦那さまに叱られた時には、旦那さまの方が間違っていると思っていればよいでしょう。あなたが仲間の召使にその時のことを話せば、皆あなたが思うように考えて、あなたの立場はますます盤石というもの。だから先に申し上げたように、叱られた時には、いつも自分こそ被害者だというような調子で文句を言っていればよいのです。

用を言いつけられて出かけた召使が必要以上に、つまり二時間、四時間、六時間、もしくは八時間などと出先で長居して帰ってこない、ということはよくあります。誘惑が大きければ、身も心もなかなか抗いえないですからね。そのような場合、帰ってくると、旦那さまは激怒し、奥さまからは厳しい叱責を受ける。やれ、裸にするとか、棍棒でぶつだとか、もうクビだ、といった具合。でも、このような時にいつも使えるような言い訳を考えておかなければいけませんよ。たとえば、おじさんが今朝、八〇マイルの遠方からはるばる町にやって来て、明日の夜明けには帰らなければならないのです、とか、困っている時に金を貸した仲間の召使がアイルランドへ逃げ出したのです、といった具合。昔馴染みの召使がバルバドスへ船出するのでお別れをしていたのです、とか、お父さんが売ってくれと雌牛を送ってきたのですが、夜九時になるまで買い手が見つからなかったのです、とか、今度の土曜日に処刑されることになっている従弟にお別れをしていたのです、足を石にぶつけて挫いてしまい、なんとか歩けるようになるまで三時間もある店の厄介になっていなければなりませんでした、屋根裏部屋の窓から汚物をひっかけられ、体をきれいにしてにおいが消えるまで、とてもお屋敷には戻れませんでした、水夫になれと迫られて治安判事の前に引き出され、取り調べを受けてさんざんごたごたした挙句にようやく放免されるまで三時間もかかりました、町役人に債務者と間違えられて逮捕され、債務者監獄で夜を明かしました、旦那さまが酒屋へ出かけて不幸な目に遭ったと言われ、悲しくてたまらず、ペル・メルとテムプル・バーの間〔ロンドンの歓楽街〕の酒屋一〇〇軒を探して回っておりました、などなど。

旦那さまと商人とでは、必ず商人の側につき、何かを購入するように言われた時には、絶対に値切ったりはせず、言われた通りの値段を気前よく支払うこと。これこそ旦那さまの名誉になることで、召使の懐にも少しは入るかも知れません。旦那さまが払い過ぎだとしても、そのくらいの損失は貧しい商人に比べればなんでもない、とお考えなさい。

自分に言いつけられた仕事以外には、決してよけいな口出しをしてはなりません。たとえば、馬丁が酔っぱらっているか不在かで、執事が厩舎の戸を閉めるように命じられたとしましょう。答えは簡単。旦那さま、馬のことはわかりませんので、お許しを、と言えばよい。カーテンを留める釘が一本抜けていて、従僕がそれを留めておくようにと命じられたなら、そういう仕事は分かりませんから家具屋をお呼びください、と言えばよい。

旦那さまや奥さまは、召使が部屋を出ていく時に扉を閉めないと言っていつも文句を言われますが、召使にしてみれば、扉を閉める前に開けなければならない、開けたり閉めたりするのは二度手間だ、ということをこの方々はお考えになっていない。つまり、最善にして最も手際のよい、簡単な方法は、何もしないこと。でも、何度も閉めるようにうるさく言われて、忘れたなどとはとても言えないような場合は、部屋全体に響き渡って室内のものががたがたするくらい、できるだけ強くバタンと扉を閉めるがいい。そうすれば、召使が言いつけをしっかり守っていると旦那さまも奥さまも思い知ることでしょう。

もし旦那さまか奥さまに気に入られているように感じたならば、適当な機会を見つけてごく穏やかに警告を発するとよいでしょう。この方々が理由をお尋ねになり、手放したくないというように見えたなら、こうお答えすればよい。もちろんここでお仕えしたいと思う気持ちはほかの召使にも増して強いのですが、なにぶん貧しき召使が自分の暮らし向きをよくしたいと思うのは咎められることではありますまい、ご奉公は親から受け継いだというものでもありませんし、ご奉公に努めてもお給金は少ない、私を手放すかわりに、旦那さまが気前よく、季節あたり五シリングか一〇シリングほどお給金を増やしていただけるなら、などと言うのです。ただ、相手がこれを渋り、こちらもお屋敷を出ていくつもりがないのであれば、仲間から思いとどまるように説得された、とその仲間の召使から旦那さまにお伝えすればよい。

昼間、何か旨いものをくすねたら、取っておいて、夜、仲間の召使と宴会をすればよい。一杯飲ませてくれるなら、執事を仲間に加えてもよいでしょう。

自分の名前と恋人の名前をろうそくの煤で台所か召使部屋の天井に書きつけておくこと。これは文字が書けるだけの学があるということを示すため。

もし若くて美男子であれば、食卓で奥さまにささやきかける時には、鼻を彼女の頬に押しつけるか、息が臭くなければ、彼女の顔に息を吹きかけるとよい。いくつかのお屋敷ではこれがたいへん効果的だったと聞いています。

三回か四回ほど呼ばれるまでは出て行かぬこと。口笛を吹かれてすぐに出ていくのは犬くらいなもの。「誰かいるか?」などと旦那さまに呼ばれて出て行く召使などいるはずがありません。「誰かいるか」などという名前の召使はいませんから。

階下の召使部屋で陶器のコップをすべて壊してしまったような時は（一週間でそうなることは常です）、銅製の壺で十分代用できます。ミルクを沸かすことだって、お粥をあたためることだって、弱ビール〔ビール粕を洗った水などからつくる弱いビールのこと〕を保管しておくことだって、なんでも大丈夫。場合によっては便器にもなる。素知らぬ顔をしてこんなふうに使えばよいのですが、洗ったり磨いたりしてはいけませんよ。錫(すず)が剝げてしまいますから。

召使部屋での食事の折、かりにナイフの使用を許されていたとしても、それは大事にしまっておき、旦那さまのものだけを使うこと。

召使部屋か台所では、肘掛け椅子も腰掛けもテーブルも、脚は三本より多くしてはいけません。これは、私の知るお屋敷では古くから常に実行されていることで、その理由は二つあると言われています。つまり第一に、召使がいつも不安定な状況に置かれていることを示すためであり、そして第二に、召使の椅子やテーブルは旦那さまのものより少なくとも一本は脚が少ないということで、謙遜の念ありと思われるからです。ただ料理人には例外が認められています。昔から料理人は、ディナーの後、ゆったりとした肘掛け椅子で休むことが許されてきたからです。とはいえ、それも三本より脚が多いということはめったにありません。ところで、哲学者によれば、召使の椅子がこのように不自然であることが流行している理由は、国家や帝国に大きな革命を引き起こすような二つの理由によるものだそうです。すなわち、愛と戦争。というのも、腰掛けや肘掛け椅子、テーブルなどは、通常、騒ぎや小競り合いが起きた場合には真っ先に使われる武器ですし、平和になれば肘掛け椅子は、よほど頑丈なものでない限り、情事の犠牲になりやすい。それに料理人はだいたい太っているし、執事はほろ酔いときているのですから。

女中たちが通りを歩く際、ペチコートの裾をピンで留めて上げているような下品な姿をしているのは見るに堪えられませんな。ペチコートが汚れるなどと言い張るのは、実にバカバカしい言い訳というもの。お屋敷に戻ってきれいな階段を三、四回、裾をこすって降りれば簡単に解決するではありませんか。

近くの親友のところでおしゃべりしようという場合は、自分の家の通りに面した戸を開けっ放しにしておくこと。そうすれば、帰って来た時にも、いちいち戸をたたかずに中へ入れます。さもないと、召使が出かけていたことを知った奥さまに叱られます。

召使の皆さんには是非とも、一致団結していただきたいと私は強く願っています。でも誤解しないでください。好きな時にお互い喧嘩したりするのはもちろん構いません。ですが、皆さんには、旦那さまと奥さまという共通の敵がいること、そして皆、自分たちを守らなければならない、ということを忘れないでいただきたいのです。この年寄りの言うことをお信じなさい。悪意を持って仲間のことを旦那さまに告げ口するような輩は、必ずや徒党を組んだ仲間たちにとっちめられることになります。

冬でも夏でも、召使がみんなで集まれる場所は台所でしょう。厩舎のことであれ、乳搾りのことであれ、また糧食や洗濯、ワイン蔵、子供たちのこと、食堂のこと、あるいは奥さまの寝室のことなど、何であれ、一家の大問題はここで話し合いましょう。ここでなら、皆それぞれ本領を発揮して、大笑いしても、わめいても、騒いでも、絶対安全です。

仲間が酔っぱらって帰宅し姿を見せない時、旦那さまにはみんなで、その召使は調子が悪くて床に就いた、と申し上げましょう。すると奥さまがかわいそうだと言って、何かよいものを、その下男なり下女なりにくださるかも知れませんから。

旦那さまと奥さまがいっしょに夜の食事か何かの訪問でお出かけの折には、召使一人がお屋敷に残れば十分でしょう。それも、玄関で応対したり、子供がいる場合にはその世話をしたりする下男がいれば問題ありません。誰がお屋敷に残るかはくじで決めればよい。残る者は残る者で、愛人とゆっくり楽しんでもつかまる心配はない。こういう機会はたまにしかありませんから見逃してはなりません。それに、召使が一人、お屋敷に残っていれば絶対に安全ですから。

もし旦那さまなり奥さまがお屋敷に戻って来て、外出中の召使を呼び出された場合には、彼はほんの少し前、従弟が死にかけているという報せを受けて出かけたところです、と答えておけばよい。

旦那さまに名前を呼ばれ、あいにく四度目になってから御前に伺ったというような時も、慌てる必要はありません。遅いといって叱られたら、これ以上早くは参れません、なぜ呼び出されたのか分かりませんでしたから、とお答えして何が悪いというのでしょうか。

何かしくじって叱られた時には、部屋を出る時、それから階段を降りる時、聞こえよがしに大声でぶつぶつ言っておればよい。すると旦那さまも、この者が悪いわけではないのか、と思うようになるでしょうから。

旦那さまや奥さまが留守中に誰かが訪ねてきたとしても、その名前を覚えておく必要などありませんよ。なにしろ覚えておかなければいけないことは他にたくさんあるのですから。だいたいそれは玄関番の仕事だし、玄関番を置いておかないのは旦那さまが悪い。それに誰が名前なんぞ覚えていられるものですか？　覚えようとしたってきっと間違えるし、そもそも読み書きなどできないのですから。

三〇分以内には発覚しないと希望が持てるのでなければ、旦那さまや奥さまにはできるだけ嘘をつかないほうがよろしい。ある召使がクビになった時、ありとあらゆるその召使の失敗をあげつらっておくこと。もっとも、旦那さまや奥さまはその大半をご存知でないかも知れませんが。それからついでに、他の召使がしでかしたいたずらも全部そのクビになった者のせいにしてしまうこと（実例を挙げるように）。どうしてそんなことを前に知らせなかったのかと問われれば、答えは簡単、旦那さま、もしくは奥さまが、お怒りになるのを恐れてのことでございます、それにそんなことを申し上げれば、私めに悪意ありとお考えになったかも知れませんので、といった具合。お屋敷に小さな子供たちがいると、召使としては、通常、気晴らしもままならず実に厄介。唯一の方策は、わいろのお菓子をたっぷりあげて、お父さんやお母さんに告げ口しないようにと言っておくこと。

旦那さまが田舎にお住まいで、今、客とお別れになろうとしているような場合、召使への私のアドヴァイスは次のようなもの。お客人がお別れの挨拶をしている時にはきちんと列を組んで立ち並び、そのお客人はどうしても召使の列の間を通って行かなければならないようにしておくこと。それでもそのお客人が列の間をすり抜けていくようであれば、それはこの人物がよほど厚かましいか、もしくは懐が寂しいかのどちらかである。いずれにせよ、このお客人の振る舞い方によって、次回の訪問時の扱いを変えることを忘れぬように。

お金を持たされ店で買い物をしてくるように言いつけられたところが、たまたま手元不如意であるような場合（こういうことはよくありますね）、もらったお金はポケットに沈めておき商品は旦那さまのつけで購入しておけばよい。これは旦那さまの、そして召使の名誉にもなる。なにしろこの旦那さまは、召使の推薦でつけが効くようになったのですから。

奥さまから何か用で寝室まで来るように呼ばれた時には、寝室の戸口に立って扉を開けておくように。奥さまがお話になっている間は、錠前をいじくり、扉の把手を持って、用が済んだら扉を閉めることを忘れぬようにすること。

旦那さまか奥さまに一度でも間違って叱責されたことがあるなら、これは大変幸運というもの。ご奉公しながら何度失敗をしでかしたところで、旦那さまや奥さまにはその誤解のことを思い出させ、今回だって同じく無実ですと言い張っていればよいのですから。

お屋敷を出ようと決心しつつも、その件を持ち出して旦那さまのお気持ちを損ねてはと心配な場合には、突然無作法になって生意気になり、尋常ならざる振る舞いをするのが最善の方法です。そうすれば旦那さまもおのずとクビにする必要を感じられるでしょう。そしてひとたびお屋敷を出たら、今度は仕返しに、旦那さまや奥さまは実にひどいお人柄だと奉公先のない仲間の召使に言いふらすのです。そうすれば誰もそのお屋敷に奉公しようなどとは言い出しますまい。

気難し屋の奥さまには、風邪をひくのを嫌がり、下男下女が裏庭へ出入りする際に階下の戸をよく閉め忘れるのを目にして一計を案じ、滑車と先端に大きな鉛の塊を結わえたロープでもって戸が自動的に閉まるようにし、これを開ける時にはたいへんな力がいるような装置を拵えたりする方々がいます。朝だけでも仕事のために五〇回は出入りしなければならない召使にしてみれば、これはたいへんな無駄骨ですが、工夫次第でどうにでもなります。頭の働く召使であれば、鉛のおもりが効かないように滑車を縛ってしまうことで、こんな耐え難い仕打ちなど見事に解決してしまいます。もっとも私なら、重い石を戸の下に置いて戸が閉まらないようにするといった簡単な方法を取りますが。

召使が扱うろうそく立てはたいてい壊れています。なんだって永久に続くものはありませんからね。でも別のやり方はいくらでもあります。瓶にさしてもいいし、バターのかたまりにさして壁にはりつけておいてもいい。角製の火薬入れでも古靴でも裂けた枝でもピストルの銃身でもいい。テーブルに蠟をたらしてその上に立てても構わないし、コーヒーカップやグラス、角製の壺、茶壺、ねじったナプキン、マスタード入れ、インク壺、料理に使う骨、練り粉でも構わない。パンに穴をあけてさしておいてもいいでしょう。

夜、近所の召使たちを招いて宴会をしようという時には、台所の窓を軽く叩いたりこすったりする特別なやり方を教えておきましょう。つまり、召使どうしには分かっても、旦那さまや奥さまには聞こえないような方法です。ヘンな時間に起こしたり驚かせたりするといけませんから。

あらゆる過失は、かわいがられている犬や猫、猿、鸚鵡、カササギ、子供、あるいは最近クビになった召使のせいにしてしまいましょう。そうすることで、自分も助かるし、仲間に迷惑をかけることもない。それに旦那さまや奥さまには、叱る手間やわずらわしさを省いてさしあげられます。

何か仕事をしようとして、そのためのしかるべき道具がない時には、仕事を放ったらかしておくよりは、工夫して別のやり方を考えたほうがよいでしょう。たとえば、火かき棒が壊れたりして使えない時には、はさみで火をかき立てればよいわけですし、はさみが手元になければ、ふいごの口や十能の把手側、暖炉箒、モップの先、あるいは旦那さまのステッキを使ってもよい。鶏を焼くのに紙がなければ、目にした最初の書物を使えばよいし、靴を磨くのにぼろきれがなければ、カーテンの裾とかダマスク織のナプキン〔紋様のほどこされた高級品〕を使えばよい。靴下留めがなければ、作業着の紐を抜いて使えばよい。便器がないと執事が慌てている時には、大きな銀器で十分。

ろうそくの消し方にはいくつかの方法がありますが、そのすべてを心得ておいたほうがよいでしょう。ろうそくの先を壁に押しつければ、芯はすぐに消えますし、床に置いて足で芯を踏みつけるという手もある。ろうそくを逆さまに持ち、溶けだした蠟で消してしまうこともできるし、ろうそく立ての穴に突っ込んでもよい。ろうそくを手にもって火が消えるまでぐるぐる回すとか、小便をして寝ようという時であれば、ろうそくの先を便器の中に浸してもよい。指に唾をかけて火が消えるまで芯を指でつまむ、という方法もある。料理人であれば粗びき粉の桶へ、下男であれば麦を入れておく壺や干し草の塊、ごみためなどに突っ込んでもよい。女中なら鏡にこすりつけて消すという手もある。ろうそくの芯ほどきれいに磨けるものはありませんからね。でも、最善にして最も手っ取り早い方法は、フッと息を吹きかけて消すこと。これならろうそくはきれいなままだし、またすぐに火をつけられるというもの。

告げ口ほど有害なものはありませんから、皆さんは一致団結してこれに反対する必要があります。告げ口をするような召使があれば、それがどんな仕事についている者であろうとも、あらゆる機会を捉えてその仕事をつぶし、どんなことにおいてもその召使の考えを挫くようにしましょう。たとえば、執事が告げ口屋であるなら、彼が食器室を開け放している時にはいつでもすべてのグラスを割ってしまうとか、同じことをねらって犬や猫をそこに閉じ込めておくとか、しましょう。フォークやスプーンなども置き場所を変えてしまい、彼には分からないようにしておくのです。料理人が告げ口屋の場合は、背をこちらに向けている間に、煤のかたまりや手にいっぱい盛った塩を壺に放り込んでおくとか、燻した炭を焼き肉用の鍋に入れておくとか、焼いた肉を煙突にこすりつけてしまうとか、串焼きのための回転具の鍵を隠してしまうとか。従僕が疑わしいとなれば、料理人に頼んでその新しい作業着の背中にいたずらをさせるとか、彼がスープを持って階段を上がっていく時に、料理人が柄杓にスープを入れてこっそり後をつけ、階段から食事室に至るまでずっとポタポタたらしておいたうえで、奥さまにも聞こえるような悲鳴を女中にあげさせる、とか。侍女は気に入られようとして告げ口をする場合がかなりありますね。そういう場合は、洗濯女が彼女の肌着を洗いながら破いてしまい、しかもそれを中途半端に洗っておけばよい。問題の侍女が文句をつけてきたら、お屋敷じゅうに、あの女はひどい汗っかきで体も汚いから、台所の下女なら一週間は持つ肌着一枚が、一時間もすればもう真っ黒、などと触れ回ればよいのです。

第一章　執事（バトラー）の心得

長らく観察に努めてきた結果、わが召使心得において最もかかわりがあるのは、執事のみなさん方です。

執事の仕事は多岐にわたり、またたいへん正確さを必要とするものでありますから、思いつく限り執事の仕事の各方面に及んで、私の指示を申し上げることにしましょう。

食器棚を統括する者として、執事はできるだけ自らの労力を省き、また旦那さまの飲酒とグラスの節約に努めなければなりません。したがって第一には、同じ食卓につく者どうしは友だちと考えてよいわけですから、グラスは一切洗わず、同じものを使えばよろしい。執事の労力は省けるし、割ってしまう恐れも減ります。飲み物を提供する時には、少なくとも三度は呼ばれてからにしましょう。こうすれば、なかには控えめにしようとの思いから、あるいはもの忘れから、注文が減り、旦那さまの飲み物を節約することができるというわけです。

壜詰エールをグラスで所望する方がいる時には、まず瓶を振って中味があるかどうかを確かめ、その中味が何であるのかを知るために味見をし、しかる後に、壜の口元を手のひらでよく吹いて清潔感を見せびらかすようにしましょう。

コルク栓は瓶の口にではなく中に入れておくこと。コルク栓にカビが生えたり、壜の中に白いカスが浮かんでいたりすれば、旦那さまはますます節約してお飲みにはなりますまい。

身分の低いお友だちやお抱え牧師、家庭教師、養ってやっているような従弟などがたまたま食卓を共にしていて、旦那さまなり一座からあまり重きを置かれていないような場合、いやこういうことこそ、われわれ召使ほどすばやく見抜く者はいないのですが、そうであれば、執事や従僕の仕事は、目上の方々の例にならい、そういう大して重要でない人を他の方々よりも低く扱わなければなりません。これほど旦那さまを喜ばせることはないでしょうし、少なくとも奥さまは大喜びです。

食事の終わり頃、弱ビールを所望されたなら、わざわざ地下室へ取りに行くなどということをしてはいけませんよ。コップやグラス、お盆などに残っているものをかき集めればよろしい。ただし、見られてはいけませんから、客の方に背を向けておくこと。逆に、食事の終わり頃にエールを頼まれたなら、大コップになみなみと注いで出すのがよい。大半は残るので、仲間の召使は大喜び。旦那さまの飲み物をくすねたというような罪悪感もありません。

同様に、毎日、執事が多少なりともこうした役得として得られる可能性があるのは、最良のワインボトルです。なにしろ偉い方々はボトルに残っているワインなど見向きもしませんから、食事の後に彼らの前に新しいボトルを置いておけばよい。たとえ前のボトルからまだグラス一杯も飲んでいないとしても、です。

壜に酒を詰める時には、カビ臭くないかよく確かめること。壜の口に強く息を吹きかけ、自分の息のにおいしかしなければ直ちに酒を詰めるがよろしい。

大急ぎで何か飲み物を汲み出そうとしたところが出てこない、というような場合、わざわざ通気孔を開けるようなことをしてはいけません。そうではなく、くぼみの部分に強く息を吹きかければ、すぐに飲み物が自分の口に入ってくるはず。さもなければ、通気孔を開けるとしても、またこれを閉めようとしてその場にとどまっていたりしないこと。旦那さまがお呼びになっているといけませんから。

旦那さまがお選びになった壜の味見をしてみたいと思ったら、壜の口元のすぐ下までであれば何本でも好きなだけ飲んでみるがいい。ただし、旦那さまの飲み物を減らしてはいけませんから、必ず水を入れてもとへ戻しておくこと。

エールや弱ビールの扱いについては、最近、なかなか優れたやり方が考案されています。たとえば、ある紳士がグラス一杯のエールを所望して半分しか飲まなかったとする。他方、もう一人の紳士は弱ビールを所望している。このような場合、執事は、エールの残りを直ちに大コップに空け、そのグラスに弱ビールを入れて出せばよい。かくして食事の間じゅう、グラスは往ったり来たり。こうすることで執事は三つの大きな目的を達することができます。第一に、グラスを洗う手間が省け、グラスを割る恐れも減る、第二に、所望された酒を間違えない、そして最後に、何も無駄にしないで済む、というわけです。

エールやビールを食卓に持っていくのが遅れることが多いので、食事の二時間前には持っていき、部屋の日当たりのよい場所に置いておくとよいでしょう。そうすれば、執事が怠慢でないということが誰の眼にも明らかですから。*2

執事の中には、壜のエールをデカンタに移す（と呼ばれる）やり方をする者もいますが、こうしてしまうと良質な底の部分を失うことになります。そうではなく、壜を逆さまにするのがよいでしょう。こうすれば、中味は二倍あるように見えますし、一滴たりとて無駄にはならない、沈殿物も泡に隠れて見えません。

皿を拭いたりナイフを磨いたり、汚れたテーブルをこすったりするには、その日に使ったナプキンやらテーブルクロスを使えばよろしい。そうすれば洗濯は一度で済むし、雑巾がすり減るのを防げます。このように節約に努めているならば、きれいなダマスク織のナプキンを自分のナイトキャップに使ってもよいと私は思います。

皿を磨く時には、すき間に漂白用の胡粉がはっきり見えるように残しておくこと。磨いていないなどと奥さまに思われてはいけませんからね。

執事の腕前がもっともよく表れるのが、ろうそくの扱いです。もちろんそのいくつかの部分はほかの召使にもあてはまりますが、なにしろ最も関係があるのは執事ですから、次の条項を執事のためのみの指示とし、他の召使には適宜、利用してもらうことにしましょう。

第一に、まだ明るいのにろうそくを灯したりしては旦那さまの大事なろうそくの節約になりませんから、暗くなってから半時間経つまでは、どんなに呼び出されてもろうそくを持っていってはなりません。

ろうそく立てには蠟をへりまでいっぱいに満たし、古い芯が上に残っている状態で、新しいろうそくを立てましょう。こうするとろうそくが倒れる恐れがありますが、お客さまから見ると、立てたろうそくが長く立派に見えます。また別の折には、目先を変えるべく、ろうそくをゆるく立てておくとよいでしょう。これは、ろうそく立てが底のほうまできれいになっていることを見せびらかすためです。

ろうそくが大きすぎる場合には、火で溶かしてろうそく立てにふさわしい大きさにし、焦げたところを隠すために紙で半分くらい覆いをしておくとよい。

昨今、お偉方の間にはろうそくの無駄遣いが目に余りますが、これは、自分自身の労力を省くという点でも旦那さまのお金を節約するという点でも、よき執事としてはなんとも避けたいこと。そこでいくつかの手が考えられます。特に壁に取り付けた突き出し燭台の使用を命じられた時はそうです。

　この突き出し燭台は、実にろうそくを無駄にします。旦那さまのことを思えばこそ、執事はこれをなるべく使わないようにすべきでしょう。したがって執事は、この突き出し燭台に立てるろうそくを、両手でもってできるだけ燭台に押しつけ、傾けて立てておくのです。そうすれば、蠟は床に垂れるわけですが、きっとその前に、ご婦人方の頭飾りや紳士方のかつらがそれを受け止めることになるでしょう。あるいは同じことを考えて、ろうそくをゆるく立てておけばよい。するとこれが燭台のガラスの上に倒れてガラスは目茶苦茶。こうすれば、旦那さまがろうそくやガラス職人に支払うお金を一年で相当節約できますし、執事もよけいな手間を省くことができる。なにしろこの突き出し燭台、一度だめになればもう使えませんから。

　ろうそくはあまり短くなるまで使ったりはせず、食材などを増やすために仲間の料理人にあげておしまいなさい。それは正当なる役得というもの。なかにはそれが許されていないお屋敷もありますが、その場合はよく使い走りをしてくれる近所の貧乏人への施しとすればよいでしょう。

　パンを焼く時には、ぼーっと突っ立ってそれを見ていたりしてはいけません。それを炭火の上に乗せて別の仕事にかかり、戻って来てみて黒焦げになっていたら、焦げた部分を削り落として供すればよいのです。

食器の飾りつけをする時には、最上等のグラスをできるだけ食卓のすみに置いておくこと。そうすれば倍の光沢が冴え、実に美しく見えます。もちろんその結果としてグラスが割れることがありますが、それもせいぜい半ダースほどで、旦那さまの懐からすればささいなものです。グラスを洗う時には自分の小便を使うこと。旦那さまの塩を節約するためです。

食卓に塩がこぼれていたら決して無駄にしてはいけません。食事が終わってからこぼれた塩もまるごとテーブルクロスで包んでしまい、それを塩壺に振り落として翌日使うのです。ただ、最も簡単にして確実な方法は、テーブルクロスを片付ける際に、ナイフもフォークもスプーンも塩壺もパンくずも肉片もみんなまとめてくるんでしまうことでしょう。こうすれば何も失うものはない。もちろん、テーブルクロスを窓からバサバサと振って乞食たちに恵んでやろうというのなら別ですが。彼らにしてみれば、そういう切れ端の方が食べやすいかもしれません。

エールとかワインとかその他飲み物の沈殿物は壜に残しておくこと。いちいちそれを洗い落とすのは時間の無駄です。一度にまとめて洗えば済むことですし、割ってしまった時の言い訳にもなります。

旦那さまがお持ちの壜の中に黴臭いのや、かなり汚れていたり酒あかが付いてしまっていたりするものが多い場合、いち早く最寄りの酒屋でエールかブランディに換えることを強くお勧めします。[*3]

旦那さまのもとに伝令が届いた折には、それを伝えに来た召使には親切にすること。手持ちの最上等の酒を飲ませてやりましょう。これは旦那さまの名誉になりますし、次の機会には今度はご自分がその恩恵にあずかれますよ。

夕食が済んであたりが暗くなっていたら、お皿や器はいっしょに同じ籠に入れて運んでしまうこと。これはろうそくの節約になります。なにしろ執事は食器室の隅々まで心得ているのですから、暗くてもそれを元に戻すことくらいわけはない。[*4]

ディナー〔当時のディナーは一般に昼食〕や夕食にお客さんがいらっしゃる場合は、何も余計なものを持ち出せないように鍵をかけて外出してしまうのがよいでしょう。旦那さまにしてみれば、酒を節約することになるし、皿をすり減らすこともないのですから。

さてこれからが、執事の倹約のきわめて大事な部分です。つまり、樽詰めワインをどのように壜へ移すか、ということ。私はこのことについて、清潔さ、倹約、兄弟愛の三つを大切にしていただきたいと考えています。まずコルク栓は、できるだけ長いものを使うように。それだけでも壜の首のところで少しは節約できますから。壜はできるだけ小さいものを選ぶこと。そうすると数が増えて、旦那さまがお喜びになるでしょう。大きかろうが小さかろうがボトルはボトル、数が揃っていさえすれば、旦那さまも文句は言いますまい。

ボトルはすべて最初にワインですすぐこと。洗った時の水気が残っているといけませんから。

ここで倹約しようとして、何本もの壜を同じワインですすごうとする者がいますが、これは間違い。二本ごとにワインを変えるくらい注意深くないといけません。もっとも量は一ジル〔四分の一パイント、約一四〇cc〕もあれば十分で、そこで使ったワインを入れておく壜を用意しておくこと。それを売ってもいいし料理人と飲んでもいいし、これは役得というものです。

樽のあまり底の方からは壜へ移さぬこと。樽を傾けるのもいけません、濁ってしまいますから。出が遅くなってきたら、濁る前に樽を揺すってグラスに注ぎ、これを旦那さまのところへ持って行くとよいでしょう。慎重だと言って褒めてもらえますし、残りはすべてお前のものだということになるでしょう。これも役得です。翌日から樽を傾けておけば、二週間もすれば澄んだワイン一、二ダースは十分に取れますから、あとはお好きなようにすればよい。

ワインを壜へ移す際には、大きな噛み煙草と一緒にコルク栓を口にくわえておくこと。そうするとワインに煙草の味わいが染み渡り、通にも喜ばれることでしょう。

怪しげな壜詰めワインをデカンタへ移す時には、一パイントほど出たところで手を巧みに揺すり、濁ってきたことがはっきり分かるように光にかざして見せること。

ワインその他のお酒を樽から壜へ移す際には、直前に壜をよく洗っておくこと。ただし完全に水気を切ってしまってはいけません。こうすれば、旦那さまのために、ひと樽あたり数ガロンの節約ということになります。[*5]

執事が召使仲間に、特に料理人に対して、親切にしてあげるべきなのはまさにこの時です、それも旦那さまの名誉にかけて、です。ひと樽の酒に比べれば、だるま壜二、三本など、どれほどのことがありましょうか？　ただし、必ず自分の目の前で飲ませてやること。屋敷の外へ出回ってしまっては、旦那さまに迷惑がかかりますから。仲間が酔っぱらってしまったら寝床へ行かせ、病気だということにしておきましょう。この最後の注意は、男女を問わず、すべての召使に守らせたいものです。

もし旦那さまが、樽の酒が予想以上に減っていることにお気づきであれば、それは一目瞭然、樽から漏れています、と申し上げればよい。あるいは、樽詰め職人が時期を間違えたとか、商人がごまかして規定量以下の樽を寄こしたとか。

ディナーのあとのお茶のお湯が必要な場合（これが執事の仕事になっているお屋敷が多いですね）、沸かす手間を省き、またすぐにお持ちした方がよいので、キャベツとか魚を煮た容器からそのままお茶用のやかんにお湯を注いでしまえばよいでしょう。その方が、お茶の持つ酸の腐食性を弱め、より健康的というものです。

ろうそくは節約するようにしましょう。そのためには、広間であれ、階段であれ頂塔内であれ、燭台のろうそくは燃え尽きて自然に消えるまで放っておくこと。旦那さまや奥さまは、ろうそくの芯のにおいを嗅げば、節約していると思ってお褒めくださるでしょう。

ディナーのあとで、嗅ぎ煙草入れや楊枝入れをお忘れになったお客がいても、そのままにしておきましょう。これもあなたの役得というもの。そうしたところで執事も召使も、旦那さまや奥さまのご迷惑になるわけではないのですから。

田舎のお屋敷務めでお客をおもてなしする時には、お越しの方々の召使たち、特に馭者にはたっぷりと酒を飲ませてやること。これは旦那さまのためです。何をするにも、まずは旦那さまの名誉を考えるのが何よりも大事です。あとでまたお話ししますが、何と言ってもお屋敷の名誉というものは、料理人や執事、下男たちの手にかかっているのです。

夕食の際にろうそくの芯を切る時には、食卓にろうそくが立っているままで切るのが安全です。たまたま燃えている芯が芯切り鋏から外れても、スープやお酒、ミルクなどの器に落ちる可能性が高く、そうすればにおいもせずにすぐ消えますから。

ろうそくの芯を切った時には、鋏を開いたままにしておくこと。そうすれば、鋏についた芯は自ずと灰になりますから、またその鋏で芯を切ろうとする際にも、食卓に落ちて汚すという心配がありません。

塩は容器の中でできるだけ平らにしておきましょう。手のひらを湿らせて、よく押しつけておくこと。

旦那さまと食事を共にしたお客がお帰りの際には、そのお客からよく見えるところに立ち、玄関までお見送りに行って、できればじっとそのお顔を見ること。一シリングくらいはくださるかも知れません。もしそのお客がお泊りになっていた場合には、料理人から女中、馬丁、皿洗い、庭師にいたるまでみんなで付き従い、お客が玄関に向かうところで両側に整列しているのがよいでしょう。このお客が立派な振る舞いをなさるなら、それはこの方の名誉になるというもの。旦那さまには少しもご迷惑にもなりません。

パンを切るのにナイフの汚れをふき取る必要などありません。ひとつふたつ切れば、ナイフは自ずときれいになります。

壜に酒がいっぱい入っているかどうかを確かめるには指を突っ込んでみるのが一番。諺にあるように、「触ってみるのが最も確実」ですから。

エールや弱ビールを酌みに貯蔵庫へ行く時には、次の方法をしっかり守っていただきたいと思います。まずは右手の手のひらを上に向けて、人差し指と親指で容器をはさんで持ち、他の指でろうそくを持ち、容器の口の方へ少し傾けておきます[*6]。それから左手で樽の栓を抜き、栓の先をすばやく口にくわえ、左手は何かに備えてあけておきます。容器に酒がいっぱい入ったら、栓を口から抜き取り容器にはめます。唾でぬるぬるしていますから、ピタッとはまるはずです。安ろうそくの獣脂が容器へ入ってしまっても、(気になるなら)スプーンで簡単に取れますし、なんなら指の方が簡単でしょう。

陶器の皿を入れておく棚には猫を閉じ込めておくこと。鼠が忍び込んで壊したりするといけませんから。

執事はたいてい、壜のコルク栓の栓抜きを二日くらいで壊してしまいます。栓抜きの先と壜の口で、どちらが固いか試してみるようなことになるからですが、そのような場合には、ダメになってしまった栓抜きの先でコルク栓を粉々にし、そのコルク栓のかすを掻き出したのちに銀のフォークを使えばよいでしょう。それから壜の口を三回か四回、水の中で振り回せばきれいになります。

旦那さまとよく食事を共にしながら何もくれないお客には、いささか不愉快であることを示すためにいくつかの方法を用い、そのお客の記憶を呼び覚ますとよいでしょう。パンや飲み物が欲しいと言って呼ばれても聞こえないふりをするとか、後から呼ばれたお客の方に先に持って行くとか。ワインをご所望の場合には、しばし間を置いてから弱ビールを出すとか、いつも汚れたグラスを出すとか、ナイフが必要な時にスプーンを出すとか、従僕と示し合わせて、お皿を持って行かないとか、でもよいでしょう。こんなふうにしておけば、この方がお帰りになる際におそばに立つ機会さえ逃さなければ、おそらく半クラウンくらいはいただけるだろうと思います。

もし奥さまが勝負事好きであれば、これはかなり幸運というもの。ほどほどのお遊びでも週一〇シリングの役得はあるでしょう。そういうお屋敷では、牧師よりも執事の方がよい、というもの。家政を切り盛りする家令〔スチュアード、領主館の財産管理などの責任者〕さえ、執事にはかなわない。なにしろ、労せずしてみな現金でいただけるのですから。もっとも、上等なろうそくを持ってこいとか、チップはお気に入りの召使と分けるようにとか、おっしゃるような奥さまだと話は別なのですが。とはいえ、古いカードは、悪くても執事のものになります。特に、お仲間たちが勝負事に熱中したり、いささか不機嫌になったりすると、たびたびカードを取り換えることになりますから、そうするとたまった古いカードを、コーヒー・ハウスや、勝負事は好きだけれどもカードは中古品しか買えないなどといったお屋敷に売れば、たいへんな儲けになるというわけです。こういう勝負事に付き添う場合には、必ず皆さんの手の届く範囲に新しいカードの包みを置いておくようにしましょう。どうも勝負がうまく行かないという人はすぐにカードを取り換えるでしょうし、新旧入り混じったところでほとんどの場合問題ありません。勝負事が行われている夜にはできるだけ甲斐甲斐しく働き、明るくするためにろうそくなどはよく準備し、呼ばれたらすぐに提供できるようワインを載せた盆をいつも手にしているようにしましょう。ただし、料理人と結託して、夜食は出さないようにすること。これはお屋敷の節約になりますし、夜食を出していたりするとこちらの役得がかなり減ってしまいますから。

　カードに次いで儲けになるのは蠟。その役得を争う相手は唯一従僕のみ。なにしろ従僕は蠟を盗んではビールに換えてしまうからです。ですが、そういうお屋敷の悪習は、執事が防がなければなりません。壜に酒を詰める際に割っても従僕の責任にはならないし、そもそも、割れた壜の数など、執事の裁量次第でどうにでもなります。

グラスから得られる儲けは大したことはありませんから、ここで述べる必要はありますまい。グラス職人からのわずかな心づけと、わざわざそのグラスを選んでくれたということで一ポンドにつき四シリングほどが価格に上乗せされるくらいなもの。旦那さまがグラスをたくさんお持ちで、あなたなり仲間の召使なりが旦那さまの知らないうちにグラスを割ってしまったとしても、しばらくは秘密にしておき、食卓に出すグラスにも事欠くようになったら、そこではじめて旦那さまに、グラスがありません、と申し上げるのがよい。こうすれば旦那さまが腹を立てるのは一度で済み、週に一、二度お腹立ちになるよりははるかによろしい。旦那さまや奥さまが、できるだけご不快にならぬようにするのが召使の務めというもの。猫や犬がその責めを負ってくれるので、大いに役立つでしょう。

注：なくなった壜については、その半分は浮浪者や他の召使たちが盗んでしまい、残り半分はたまたま事故で割れたり、洗っていて割ってしまったりした、ということにしておくこと。

ナイフの背も、刃と同じくらい鋭く研いでおくこと。そうすればお客は、一方が切れなくなっていても、もう片方を使ってみることができる。それから、ナイフを研ぐ労を惜しんでいないことを示すために、刃がすり減るくらいまで、そして銀の把手にもかかるくらい長く刃を研いでおくこと。こうすれば、家事は隅々まで万全ということで旦那さまの信用は厚くなるし、いずれは金物屋から心づけが届くでしょう。*7

弱ビールやエールの気が抜けていると、樽の栓を通気孔にはめておくのを忘れたのではないかと言って奥さまがお叱りになることがありますが、これはたいへんな間違いというもの。栓をして空気を閉じ込めてしまったら、酒がダメになるので、中の空気を抜かなければならないのは当たり前です。でも奥さまから執拗に言われるようであれば、夜、栓を半分開けておけばよいでしょう。一日に何回も空気を抜いたり栓を閉めたりといった手間を省くためで、そんなことはよき召使には耐えがたいもの。栓を半開きにしておけば樽は順調、二、三クォートほど酒がなくなってもなんのその。

ろうそくを準備する時には、これを包装紙で包んで燭台に立てること。紙でろうそくの半ばまで包むようにすると、誰か部屋の中に入って来た時にはたいへん立派に見えます。

すべての仕事（グラス磨きなどなど）は、暗闇ですること。旦那さまのろうそくを節約するためです。

第二章　料理人（クック）の心得

上流の方々の間では男性の料理人、通常はフランス人、を雇う習慣が始まって久しいことを私も知らないわけではありませんが、この文章は主に、お住まいは街中であれ地方であれ、普通の勲爵士や地主、紳士方を念頭にしたものですから、あてはまるのは皆さま、つまり女性の料理人の方々ということになりましょう。もっとも、心得の大半は男女を問わず役立ちます。そもそも料理人の役割は、通常、前章でお話しした執事に沿うものですし、執事と料理人は利害が一致しますから。執事も料理人も役得は同じで、他の召使が恵まれない時にも、ちゃんと役得はありますからね。執事と料理人は、夜、他の者が寝静まってから一緒にご馳走にありつけますし、場合によっては仲間の召使たちを皆味方にするのも簡単なこと。おいしいお菓子や飲み物をあげてお屋敷の子供たちの気を引くことも難なくできる。ですから、執事と料理人が仲たがいするのは両者にとってたいへん危険なこと、結局どちらかがクビということになってしまうでしょう。そんなことになると、またしばらくは新しい執事と仲良くするのも難しい、ということになります。それではこれから皆さんに心得を申し上げますが、お屋敷が街中にあっても地方にあっても、皆さんはこの心得を、週に一度、寝る前にでも定期的に仲間の召使に読ませるのがよいでしょう。お住まいがどちらでも役立つこと請け合いですから。

まず奥さまが夜食の折に、家に冷肉〔料理して冷やした牛肉、鶏肉など〕があることをお忘れなら、それをわざわざ思い出させるようなことをしてはいけません。格別望んでいるわけではないことは明らかなのですから。翌日になって思い出されたら、お命じになられなかったので使ってしまいました、とでも言っておけばよい。嘘になるといけませんから、これはもちろん執事ないしは誰か仲間と寝る前に片付けてしまうこと。

お屋敷に猫や犬がいるならば、夜食に鶏の脚を出すようなことをしてはいけません。猫や犬が持ち去ってしまったことにすればよい。あいにく猫も犬もいないとなれば、鼠や野犬のせいにしましょう。*8 食卓にお持ちする皿の底を磨いて台所のふきんを汚すのは、家事のやり方として間違っています。テーブルクロスで十分同じことができますし、このテーブルクロスは食事のたびに取り換えるわけですから。

焼き肉用の金串も、使うたびにきれいにする必要はありません。肉の脂が残ってついていればさび止めになりますし、また、次に使う時にはちょうどうまい具合に肉の内側に湿気を与えてくれますから。

お金持ちのお屋敷であれば、焼いたり煮たりといったことは料理人よりも下の者がすることですから、料理人は放っておけばよろしい。そういう仕事はすべて台所女中に任せておきましょう。それがそのお屋敷の名誉となるのです。

買い物を頼まれたなら、肉はできるだけ安く買うこと。ただし、旦那さまに勘定書を持って行く時には、その名誉を考えて最も高い値段を書いておかなければいけません。これは当然と言えば当然のことで、誰しも買った時と同じ値段で売る者などいませんから。それに、これは請け合いますが、肉屋や鳥屋に言われた通りの値段だと言っていささかも心配する必要はありません。また奥さまが夜食に肉ひと切れをご所望の場合、これを真に受けてひと切れまるごと出してはいけません。半分は料理人と執事でいただけばよろしい。

腕利きの料理人であれば、時間ばかりがかかって大したことのない、まさにつまらぬ仕事と呼ばれているような作業は我慢なりませんね。小鳥の調理なんかはまさにそうで、手間がかかっておそろしく面倒です。二番串とか三番串〔小鳥用の小さな串のこと〕なんて言われますが、あんなものは全く必要ないのです。牛のサーロインを回すのに十分なくらい頑丈な金串で雲雀（ひばり）を焼けないなんてバカバカしいことがありますか。ただ奥さまが気難しい方で、大きい串では小鳥がちぎれてしまうなどとおっしゃる場合には、肉汁受けの中に小鳥をきれいにならべておけばよい。羊や牛を焼く時に脂が小鳥にしたたり落ちて、ちょうどよい焼き汁になりますし、時間もバターも節約できる。およそ料理人たる者、雲雀や雀などのような小鳥の毛をむしるのに時間をかけたりしてはいけません。そういう仕事を手伝ってくれる女中や下女がいなければ、いっそのこと、毛を焼くか皮ごとはぎ取ってしまえばもっと簡単です。皮がなくても損にはならないし、肉には何の影響もありませんから。

買い出しの時、肉屋で肉やエールをご馳走になったりしてはいけません。これでは旦那さまの面目丸つぶれですから。ただ、つけにしていたり、支払いの時に手数料を取る約束になっていたりしないのであれば、現金の心づけをもらうのは役得というものです。

台所のふいごは、たいてい壊れていますね。火ばさみや火かき棒のかわりに火をかき回すのに使われるからです。この場合、奥さまの部屋のふいごを使えばよいでしょう。これはめったに使われませんから、お屋敷内で最もよい。もし傷つけたり汚したりしてしまったとしても、それを台所専用にするのにちょうどよい口実になるというわけです。

料理人の使い走りのために、お屋敷の周囲に小僧を一人置いておくこと。雨の日にはこの小僧を買い物に行かせれば、こちらは服が汚れずに済み、奥さまの信任も増すというもの。

肉を焼く時に出る脂などの処理を料理人が奥さまから任されている場合には、そのご好意に応えて、肉を十分によく煮たり焼いたりすること。ところがそれをご自分のものにしようというような奥さまなら、こちらもそれなりに扱えばよい。火の勢いを弱くするなんてことではなく、逆に火の勢いをよくしてあげるのです。肉から垂れた脂や溶けたバターを時折ぶち込んでね。

　肉は丸くふっくらとしているように見せるために、串につけたまま出すのがよいでしょう。鉄の焼き串も、時に使いようによっては、肉を立派に見せるものです。

　大きな肉の塊を焼く時には、真ん中だけよく焼き、両端は生にしておくこと。また次の機会に使えるし、火の節約になります。

　お皿や器を磨く時には、くぼみの縁をこすって、できるだけ内側が広がるように努め、できるだけ中にたくさん入るようにしましょう。

　食事をする人数が少ない時やご家族が外で食事される時には、いつも台所の火を盛大に燃やしておくこと。隣人たちはその煙を見て、お屋敷の繁栄を賞賛することでしょう。しかしお客が多い時にはできるだけ火を小さくし、石炭の節約に努めること。多くの肉が生焼けになり、それを翌日も使えますから。

　肉を煮るには、いつも井戸水を汲み上げて使うこと。川の水や水道で送られてくるきれいな水は時に不足することがあります。井戸水で煮たために肉の色が違っているのを、こちらの過失でもないのに、奥さまに咎められたりしてはかないません。

　鶏肉が貯蔵庫にたっぷりある時は、戸を開けておき、ネズミ取りに功ある猫にくれてやりましょう。

雨模様の日に買い物に出かけなければならない時には、奥さまの乗馬用頭巾と外套を使えばよろしい。自分の服を節約するためです。

台所では、いつも下女を三、四人、身の回りに置いておくこと。ほんのわずかの手間賃を払えばよい。肉の残りとか、石炭少々とか、燃え殻とか。

厄介な召使を台所に近づけないためには、焼き串回転機のネジをいつも差し込んでおき、連中が入ってきたら頭の上に落ちるようにしておけばよい。

すすの塊がスープの中に落ちてうまく取れない時には、よくかき混ぜればよいでしょう。たいへん結構なフランス風の味付けになりますよ。

うっかりバターを溶かしてしまっても心配には及びません。そのまま出せばよいのです。バターの塊よりもその方がお上品なソースと言えますから。

壺や鍋の底は銀のスプーンで磨くこと。銅の味が残るといけませんから。

バターをソースとして出す時には、できるだけ節約し半分は水で薄めること。その方が健康にもよいではありませんか。

手でできることなら、わざわざスプーンを使う必要はありません。旦那さまのお皿をすり減らしてはいけませんから。

指定された時間までに食事の準備が間に合わないと分かったら、時計を遅らせればよろしい。

そうすればちゃんと間に合います。

時々、赤々と熱した石炭を焼き肉の脂受けに落とすとよいでしょう。脂から煙が立ち昇り、肉が香ばしくなります。

料理人にとって台所は化粧室のようなものですが、トイレに行って、串に肉を刺し、鶏を縛り、サラダを準備するまでは、いや二品目を出すまでは、手を洗う必要はありません。なにしろ料理人は多くの仕事をしなければならず、その一〇倍も手が汚れるのですから。すべてを終えてから一回手を洗えば、それでよいのです。

もっともひとつだけ、煮たり焼いたりシチューを作ったりしている間でも、やっていいと思う身繕いがあります。それは髪を梳かすこと。これには少しも時間がかからない。料理場に立ち、片手で様子を見ながらもう片方の手で髪を梳かせばよいのですから。

料理と一緒に抜け毛まで食卓に運ばれてしまったら、憎たらしい下男のせいにしておけばよろしい。なにしろこの連中ときたら、皿に残った食べ物や串についた肉ひと切れなどをやらないだけで根に持つし、そうかといって料理人が柄杓いっぱいのお粥を両脚にぶっかけたり、服の裾に布巾をつけたまま旦那さまのところへ行かせたりすると、さらにひどいことをしますから。

料理を焼いたり煮たりする時には、大きなよい石炭だけを下働きの者たちに持って来させ、小さい石炭はお部屋用にすること。なんといっても大きな石炭は料理用に最高だし、それが足りなくてたまたま料理がうまくできなかったら、石炭不足のせいにすればよい。それに、燃え滓集めの者たちは、大きな燃え滓や燃え残りの石炭がたっぷりないと、決まって旦那さまのお屋敷管理を悪く言いますから。大きな石炭を使って料理すれば、料理はうまく行く、慈善にもなる、旦那さまの名誉にもなる、さらには燃え滓集めの女たちからお礼にエール一杯のご相伴にあずかれる時もある、というわけです。

ディナーの二品目の料理を出したなら、大きなお屋敷の場合、あとは夜食まで仕事がありません。ですから、よく手と顔を洗い、頭巾とスカーフを着け、九時か一〇時までは仲間たちと愉快に過ごせばよいでしょう。ただしまずは食事を先に済ませること。

料理人は執事と堅く友情の絆を結んでおくこと、両者の利害は一致しているのですから。執事はたいていうまいつまみが欲しいし、こちらはそれにも増して、冷えたよい酒をキュッとやりたい。ただ、執事は浮気をすることがあるのでよく気をつけているように。彼の立場からすれば、サック酒〔辛口の白ワイン〕や砂糖入り白ワイン一杯で簡単に女中をそそのかせるのですから。

子牛の胸肉を焼いている時、仲良しの執事が臓物好きだということを思い出したとします。その場合、内臓は夜まで脇へ置いて取っておいてあげましょう。猫や犬が来て持って行ってしまったとか、腐っていたとか、ハエがついていたとか、口実はいくらでもありますし、そもそも、子牛の胸肉に内臓があってもなくても食卓での見栄えは変わりありませんから。

お客を長く待たせていて肉を煮すぎたり焼きすぎたりしてしまった場合、まあ時間のかけすぎで普通はそうなるわけですが、これは当然、奥さまのせいにしましょう。奥さまが急かせるから、煮すぎたり焼きすぎたりしたまま出さざるをえなかった、というわけです。

器を急いで取り出さなければならない時には、棚を傾けて一ダースほどの食器をまとめて調理台に落とし、すぐ手にできるようにすればよいでしょう。

時間と労力を省くために、林檎と玉ねぎは同じナイフで切るとよいでしょう。高貴な生まれの方々は、何でも玉ねぎの味がついていることを好みますから。
三、四ポンドほどのバターをまとめて手でこね、調理台のすぐ上の壁に叩きつけておきましょう。そうすれば必要な時にちぎって使うのに便利です。
台所で銀のシチュー鍋を使っている時には、よく叩き、いつも黒ずんでいるようにしておくこと。これは旦那さまの名誉になります。常にしっかりと家事が進められていると示すことになりますから。それと、このシチュー鍋を石炭の上などでごしごしこする場所を設けておくこと。

同様に、銀の大きなスプーンを台所で使ってもよいというお許しが出ていたら、これをこすったり掻き回したりしてすり減らしておくこと。そうして、このスプーンはもう旦那さまのご用には耐えられません、などと陽気に繰り返せばよいでしょう。

朝、旦那さまのもとにスープとか水粥などをお持ちする時には、親指と二本の指で塩をつまんで皿の脇に添えておくことを忘れないように。スプーンやナイフの先を使ったりしては塩がこぼれるおそれがあり、これは不吉だということになります。ただし、塩をつまむ前に、その親指と二本の指をきれいになめておくことを忘れないように。

バターが溶けて真鍮の味がするようであれば、それは旦那さまが銀の鍋の使用をお許しにならなかったせいです。こうなると誰もバターを口にしなくなり、かといって、新たに錫で鍍金するにはお金がかかります。もし銀器を使っていながらバターに焦げ臭いにおいがついていたら、それは石炭のせいにしましょう。

食事の支度をしていて料理のどれもこれもほとんど失敗してしまったというような時にはどうすればよいか。従僕たちが台所へ入って来てはいたずらをするのでタイヘンだったということにし、その証拠として、うまく機会を見つけてこの従僕たちに腹を立て、柄杓一杯のスープを連中の仕事着にぶっかけてやる。おまけに、金曜日と聖嬰児日〔一二月二八日のことで、ヘロデ王がベツレヘムで幼児を皆殺しにしたという故事による（「マタイ伝」第二篇第一六節参照）〕という二つの不幸な日がその週にあれば、こういう日には幸運などありはしませんなどと、少なくともその二日間についてはまっとうな言い訳ができるというわけです。

第三章　従僕（フットマン）の心得

従僕の仕事にはさまざまな性格があって、多岐にわたっています。旦那さまや奥さま、お坊ちゃま、お嬢ちゃまのお気に入りになることも多く、またお屋敷きっての好男子にしてあらゆる女中たちの恋の的にもなります。時にはあなた方の服装が旦那さまの見本になることもあれば、あなた方が旦那さまの服装をまねることもある。食卓ではすべてのお客の接待をするわけですから、世間をよく知る機会にも恵まれ、人を知り作法を心得ることができます。贈答の使いを頼まれたり、あるいは田舎での茶会にお供したりというような場合を除くと、確かに役得はあまりありませんが、隣人には「さん」づけで呼ばれ、旦那さまのお嬢さまの心をひいたりして、時にはたいへんな幸運をつかむこともあります。実際、従僕出身で軍隊に入り出世した、という人を私は多く知っています。町に行けば、劇場では席が確保されていますから、いっぱしの才人、批評家になる機会だってあります。従僕に公然と刃向かうのは、どうしようもないゴロツキ連中と、あとは、時々あなた方のことを使い走り呼ばわりする奥さまの侍女たちくらいなものでしょう。私は従僕の仕事に心から敬意を持っています。なにしろ私自身、かつては従僕の地位に就く栄誉にあずかっていましたから。もっとも、税関の職を得て愚かにも身分を落としてしまったのですが。ともあれ、わが仲間たる従僕の皆さんが幸運に恵まれるよう、私自身の七年間の経験とともにこれまでの思索と観察の成果である私の心得をここにお伝えしたいと考える次第です。

他のお屋敷の秘密を知るためには、自分の旦那さまの秘密を仲間の従僕に話してやらねばなりません。こうすることで、お屋敷の中でも外でも皆さんは重宝され、重要な人物と見なされるようになります。

通りでは籠や包みを持っている姿を見られないようにし、ポケットに隠せるもの以外は持ち運びしないこと。そうしないと従僕たる地位を汚すことになります。荷物を運ぶために使い走りの少年を一人、いつも確保しておくとよいでしょう。この少年へのお駄賃に事欠く場合には、パンの大きなひと切れとか肉ひと切れをあげればよろしい。

靴磨きの少年にはまず自分の靴を最初に磨かせること。部屋を汚すといけませんから。旦那さまの靴はそれからでよいでしょう。この少年をいつもそばに置いておき、靴磨きはもちろんその他の用事を言いつけるように。お駄賃には残飯をあげればよい。

用事があって外出した折には、自分のほかの用もいっしょに済ませてしまうこと。恋人に会うとか、仲間の召使とエールを一杯飲むとか。明らかに時間の節約になります。

食事の際に皿をどのように持てば最も都合がよく、かつ上品に見えるか、ということについては多くの議論があります。椅子の外枠と背もたれの間に挟んでおくという方法は、もし椅子の構造がそのようにできているならたいへんよいでしょう。皿が落ちるのを心配し、親指を皿の中央部のくぼみのあたりまで伸ばしてしっかりと持つという人もいますね。ただしこの場合、親指が乾いていたらかえって危ないですから、舌でなめてくぼみの部分を湿らせておくのがよいでしょう。皿の背を手のひらの上に傾けて置くというささか滑稽なやり方は、奥さま方の中には推奨される方もおられますが、一般には事故を起こしやすいと言われています。また、皿を直接左の脇の下でおさえておくという実に上品なやり方をする者もいます。こうすれば皿を温めておくのには最も都合がよい。ただしこの場合、器を下げる際に脇の下に挟んだ皿をお客の頭の上に落としやすいという危険があります。正直なところ、私もこうした方法をこれまで試してきましたが、どれもうまく行きません。そこで私は第四の方法をお勧めしたいと思っています。それは、皿を左の横腹、上着とシャツの間に差し込むというやり方です。こうすれば、少なくとも脇の下（スコットランド人はオクスターと呼びますが）に入れたのと同じく皿を温めておけますし、お皿が隠れるので、知らない人はあなたのことをもっと上等な召使だからお皿など持っていないのだと思ってくれたりもします。落とす心配もないし、こうしておけば、近くにいるお客がご所望の折には温かいお皿を瞬時に出せる。給仕をしている時にせきやくしゃみが出そうになっても、すぐさまお皿を取り出し、そのくぼみの方を鼻や口に押し当てれば、つばや鼻水が飛んで料理やご婦人の頭飾りを汚すこともありません。ちょうど紳士淑女の方々が同じような場合に帽子やハンカチで口や鼻を覆うのと同じこと。でもお皿なら、帽子やハンカチほど汚れる心配はないし早くきれいにできます。せきやくしゃみが落ち着いたらお皿を元の場所に戻せば、その途中、シャツがきれいにふき取ってくれますから。

できるだけ大きなお皿を片手で持ち、元気で力があるところをご婦人方に見せるとよいでしょう。ただしこれは、必ず二人のご婦人の間ですること。万一、失敗して料理が滑り落ちるようなことがあっても、スープやソースで彼女たちの衣装を汚すだけ、床に被害は出ませんから。こういうやり方で、私の親友の従僕仲間二人がたいへん出世しましたよ。

流行りの言葉や誓い、歌、芝居の台詞などをできるだけ覚えておくようにしましょう。そうすれば、一〇人のご婦人方のうち九人の人気の的になりますし、一〇〇人の洒落男のうち九九人の羨望の的になるでしょう。

特に身分の高い方々がおそろいの食事の折には、頃合いを見計らって、従僕もその仲間の召使たちもいっせいに部屋から出てしまうようにするとよいでしょう。あなた自身、給仕の疲れから解放されますし、お客さまも、従僕たちがいなくなればより気軽にお話しできるでしょうから。

伝言を頼まれた場合は自分の言葉でそれを述べること。たとえ相手が公爵や公爵夫人であったとしても、旦那さまや奥さまの言葉のままではいけません。伝言に込められた意味を一番知っているのは、まさに従僕たる務めを果たしているあなたなのですから。ただし、何かお答えをする場合は、求められるまでは申し上げてはいけません。求められてから、自分なりに言葉を飾って申し上げるのです。

食事が済んだら、たくさんのお皿を台所まで運ぶわけですが、これは階段の一番上に立って、すべてをまとめて転がり落とすようにすればよいでしょう。特に食器が銀製であれば、これは見るのも聞くのもこの上なく愉快ですし、おまけに手間が省けます。お皿はみなおのずと台所の扉の近くに落ち、それを皿洗いが洗えばよろしい。

大きな肉の塊を運んでいる時に、食卓へ出す前に肉を落としソースをこぼしてしまったら、肉だけを静かに拾い上げて上着の縁で拭き、そのままお皿に戻して食卓にお持ちすればよいでしょう。あらソースがないわね、などと奥さまがおっしゃったなら、ソースは別のお皿でまいります、とお答えすればよい。

肉料理を運ぶ時には、指をソースに浸すか、もしくは舌で舐めるかして、旦那さまの食卓にふさわしいかどうか、味見をしておくこと。

奥さまがどんな方とお付き合いするのがよいかを最もよく判断できるのは従僕です。ですから、あなたが好ましいとは思わないお屋敷に挨拶の伝言や何か用事を頼まれたなら、喧嘩になって仲直りできないような返答をお伝えすればよい。あるいは、同じような用向きでそのお屋敷から従僕が遣わされてきた時には、奥さまがあなたにお命じになったお返事を、なんと無礼な、と相手方が思うようなやり方で伝えればよいのです。

外泊して靴磨きの少年がいなければ、旦那さまの靴は、カーテンの裾とか、きれいなナプキンとか、あるいは先方の女主人の前掛けなどで磨けばよいでしょう。

旦那さまに呼ばれた時以外、お屋敷では帽子を被っていること。旦那さまの前に出る時はすばやく取って礼儀正しいことを見せるように。

玄関にある靴の泥落としなどは決して使わず、まずは玄関ホールや階段の下まで入ること。一分くらいは早く帰宅したことになりますし、泥落としだってその分長く持ちます。

外出のお許しなどを求めてはいけませんよ。そんなことをすれば、あなたが留守だということが知れ渡ってしまいますし、外をふらついてばかりいると思われますから。外出しても誰も見ていなければ、気づかれずに帰宅できますし、行き先を召使仲間に知らせる必要もない。仲間たちだって、ほんの二分前まではお屋敷におりましたが、などと言ってくれるはずです。それがすべての召使の仁義というもの。

ろうそくの芯は指でつまんで切り、床に落として、悪臭が立たぬよう足で踏みつけて消すこと。こうすれば芯切り鋏もすり減らないで済みます。それから芯はできるだけ蠟に近く切ること。蠟がよく流れれば、台所の料理人の役得が増えます。料理人とは仲良くしておくのが賢明というものです。

食事の後の祈禱の時には、仲間と協力してお客の椅子を取り除けておくこと。また座ろうとするとお客は尻餅をつくことになって一同大笑い。でも従僕はここで笑ってはいけません。台所まで我慢し、それから仲間の召使を大いに笑わせてやればよいのです。

旦那さまがお客の接待で大忙しの時には、部屋の中に入ってあたりを片付けるふりをしましょう。それで旦那さまからお小言をもらったら、呼び鈴がなったと思いました、と答えればよいのです。こうすることで旦那さまは気が散り、また話や思索に夢中になりすぎずに済みます。そのようなことをしていては、旦那さまのお体に障りますから。

カニやエビのはさみをとるように言われたら、食堂の扉の横の蝶番にはさんで潰せばよいでしょう。こうすればはさみを少しずつ壊していくことができ、肉をすり潰す心配がありません。玄関の大きな扉についている鍵やすりこ木などでやると肉まですり潰してしまいますから。

お客の食卓から使用済みのお皿を取り除こうとして、そのお皿にやはり汚れたナイフやフォークが載っていたら、これは従僕の腕の見せ所というもの。お皿を取りつつ、骨や肉の残りをこぼさずにナイフとフォークだけをテーブルに落としていくのです。こうすればお客は、どうせあなた方より暇なのだから、使用済みのナイフとフォークを自分できれいに拭き取ってくれます。

お酒のグラスを所望した人のところへ持って行った時には、肩をたたいて、旦那さま（もしくは奥さま）、ご所望のグラスでございます、などと決して言ってはなりません。それは、無理やり飲み物を喉に流し込むような、実に無作法な振る舞いというもの。ただその人の右肩のところにグラスを掲げてじっと待っていればよろしい。万一、その人がグラスのことを忘れて肘で突いてこれを落としてしまったら、それはその人の過ちであって、こちらの責任ではありません。

雨の日に奥さまから大型馬車を呼んでくるようにと言われたら、帰りにはその馬車に乗って来るようにしましょう。服を汚さず、歩く手間も省けます。泥だらけのあなたの靴で奥さまのスカートの裾が汚れるくらい、あなた自身の仕事着が汚れて、おまけに風邪をひいたりするよりはよっぽどましです。

暗い道で旦那さまの足元を照らすためにランタンを持ってお供することくらい、従僕として侮辱的な仕事はありませんね。ですから、ありとあらゆる工夫をしてそういう仕事を免れるのが賢明というものです。そもそもそんなことをしていては、旦那さまが貧乏なのか、もしくは実に欲深く見えてしまいます。どんな仕事をするにせよ、これほど従僕にとっても面目ないことはありません。私自身もこのような状況に置かれたことがありましたから、いくつか実際に使ったよい手を皆さんにご紹介しておきましょう。まずは、うんと長いろうそくを使い、ランタンの上の部分を燃やしてしまったことがありましたが、しかしこの時は旦那さまにしたたか殴られ、その上の部分に紙を貼っておくように命じられました。それで今度は、中くらいの長さのろうそくをろうそく受けにゆるく立てておきましたので、ろうそくが片方に傾き、ランタンのそちらの側を四分の一ほどまるまる焼いてしまいました。さらに次には、うんと短い半インチほどのろうそくをろうそく受けにしずめておきましたので、はんだが溶けてランタンが使えなくなり、旦那さまは夜道の半ばを真っ暗なまま歩く羽目になりました。そこで旦那さまは、二インチほどのろうそくをろうそく受けにさしておくよう私に指示なさいましたので、私はつまずいたふりをしてろうそくを消し、ランタンのすず缶の部分を粉々に壊してしまいました。さすがにここまでやると旦那さまも、倹約を考えてランタン持ちの少年を雇うことになった、という次第です。

従僕の仕事をしている者にとって、お皿や器、壜その他のものを食堂から運び出すのに手が二本しかないというのは誠にもって遺憾であります。おまけに、その二本のうちの一本は、運び出すものをたくさん抱えている最中に部屋の扉を開けなければならないわけですから悲惨この上ない。ですから私の助言としては、まず、部屋の扉をいつも半開きにしておくということ。

そうすれば扉を足で開けることができ、大量のお皿や器を腹の上からあごの下まで抱え、おまけに脇の下にたくさんのものを持っていても、それを運び出すことができるというわけ。これなら無駄足を省けます。ただし、部屋を出て、できれば何も聞こえなくなるまでは、ひとつも落とさぬよう注意しなければいけません。

冷たい雨の降る夜に郵便局まで手紙を出してくるよう仰せつかった時には、用が済んだと思われる時間になるまで、居酒屋にでも行ってジョッキ一杯を飲んでいるのがよいでしょう。ただし、天気が良くなったらすぐに、忘れずに手紙を出しておくこと。そうすればあなたは誠実な召使ということになりますから。

食事の後でご婦人方にコーヒーを淹れて差し上げるように言われた時に、かき回すスプーンを取りに行ったり、何か他のことを考えていたり、あるいは侍女にキスをしようとしてもめていたりしていてたまたまコーヒーポットを吹きこぼしてしまったら、ポットの脇を布巾できれいに拭き取り、何食わぬ顔をしてコーヒーをお持ちすればよいでしょう。コーヒーが薄いことに奥さまが気づき、吹きこぼしはしなかったかとお尋ねになるようであれば、いえいえ、そんなことはありませんと強く否定し、なんといっても奥さまのお客さまがおられるわけですから、いつもより多くコーヒー豆を使い、ポットのそばを片時も離れず、ふだんよりもよいコーヒーを淹れようと頑張りました、台所の召使たちがみんな請け合ってくれるでしょう、などと言い張るのです。すると、奥さま以外のご婦人方が、このコーヒーはたいへんおいしいわ、などと言ってくれ、そうなると奥さまも、ちょっと口の加減がおかしかったのかしら、今度はまず自分の口を疑ってみることにします、過ちを指摘する時にはもっと慎重にしなければいけませんわね、とおっしゃることになるという次第。このことを私は良心から申し上げているのですよ。なんといってもコーヒーは体に良くありませんから。できるだけ薄めて差し上げるのが奥さま思いというもの。この考え方に従えば、淹れたてのコーヒーを女中さんにご馳走してあげようという時には、奥さまの健康と女中さんの好意を得ることを考えて、奥さまのコーヒー粉の三分の一くらいは差し引いてもよい、いやそうすべきだ、ということになります。

もし旦那さまから、こまごまとした贈り物をお友だちの一人に贈る使者の役目を仰せつかったら、ダイヤモンドの指輪を贈る時くらいの慎重さをもって事に当たるようにしましょう。たとえリンゴ六個くらいであったとしても、受け取りに出た先方の召使には、その贈り物を直接手渡しで差し上げるように言われていると、伝えるのです。こうすれば、事故や手違いを防ごうとするあなたの几帳面さ、注意深さを示すことになり、先方の旦那さまや奥さまも、一シリングくらいはその労に報いざるをえなくなります。ですから、逆にあなたの旦那さまが同じような贈り物をもらう時にも、その使者には同じようにするとよいと教え、旦那さまの気前の良さを引き出すようにするのです。召使どうしはお互いに助け合うべきですし、なんと言ってもこうしたことはそれぞれのご主人さまの名誉というべきもの。そういう名誉をよく心得ておくことこそ召使の務めであり、また召使こそ、一番よく判断できるのです。

二、三軒先の女の子とおしゃべりをするとか、エールを一杯飲みに行くとか、知り合いの下男が絞首刑になるのを見物に行くとか、そういう場合には、玄関の扉を開けておくこと。そうすれば帰って来た時にノックをせずに済むし、旦那さまにも外出していたことを悟られません。一五分くらい外出していたところで、お勤めには何の差し障りもありますまい。

食事の後でパンの残りを片付ける時には、汚れたお皿にまとめ、他のお皿で潰しておくこと。こうしておけば手をつける者は誰もいませんから、例によって、使い走りの少年たちにあげればよい役得になる、というわけです。

従僕自ら旦那さまの靴磨きをしなければならない時には、先のよくとがった鞘入りナイフを使い、火のそば一インチくらいのところに近づけて靴を乾かすとよいでしょう。靴が濡れていては危ないですし、おまけに、こうすればその靴を自分のものにできるのもそれだけ早くなるというわけです。

お屋敷によっては、旦那さまがしばしば酒場からワインを取り寄せるということがあります。従僕はそのお使いというわけですが、こういう場合の私の助言は、できるだけ小さな壜を持って行くように、ということです。でも酒場の給仕にはたっぷり一クォートを出させなければいけませんよ。そうすれば従僕はかなりのおこぼれにあずかれるわけですし、持って行った壜ももちろん一杯になる。コルク栓なんか心配無用。親指で十分用が足せますし、なんなら、汚い紙切れを噛んで潰して代用すればよいのですから。

駕籠かきや馭者に高額をふっかけられ、その値引き交渉のために従僕が派遣されたという場合は、弱き者たちの側について、連中は一銭たりとて譲りませんと旦那さまに伝えましょう。一シリングくらい節約するよりもエール一杯のご相伴にあずかった方が従僕のためになりますし、そもそも一シリングくらい、旦那さまにしてみれば大したことはないのですから。

夜、奥さまが馬車で外出される際にお供を仰せつかった場合、馬車の脇を歩いてこちらがくたびれたり服を汚したりしてはいけません。馬車の後ろのしかるべき場所に座を占め、たいまつを馬車の屋根から前の方へかざしておけばよいのです。芯を切る必要が生じたら、屋根の角にぶつけてやればよいのです。

日曜日に奥さまを教会へお連れした後には、二時間くらいの時間が確実にとれますから、仲間と酒屋で過ごすのもよし、お屋敷に戻って料理人や女中とビフテキとビール一杯を飲むのもよし。実際召使というものは、楽しむ機会がなかなかありませんから、こういう機会を逃さないようにしましょう。

食卓で給仕をする時には、決して靴下などをはいていてはいけません。従僕の健康のため、そして食卓についている方々のためです。というのも、ご婦人方の多くは、若い男の足の指のにおいが大好きでいらっしゃいますから、これはふさぎがちなご婦人方にとっては特効薬なのです。

もし可能であれば、従僕服が派手でなくあまり目立たないようなお屋敷にお勤めするのがよいでしょう。緑や黄色ではすぐに所在がばれてしまいます。銀でなければレース模様も同じこと。もっとも銀のレースの従僕服など、公爵家か財産にありついたばかりの放蕩息子のお屋敷でもなければ、とても恵まれるものではないでしょう。望ましい色は、青か、赤の折り返しのついた褐色ですね。それに借り物の剣を一本さしてもったいぶった素振りをし、旦那さまの下着を着て、生来のうぬぼれにいっそうの自信を加えて振る舞えば、こちらのことを知らぬ場所でならどんな身分の人間にでも見えようというものです。

食器などを食事の部屋から片付ける時には、できるだけ両手いっぱいに持ち運ぶこと。汁をこぼしたり、器を落としたりすることもあるでしょうが、一年の終わりになってみれば、たくさんの仕事をこなし、時間もずいぶん節約したということが分かるはずです。

旦那さまか奥さまのどちらかが通りをお歩きになる際には、片側に寄り添ってできるだけ並んで歩くようにするとよいでしょう。そうすると町の人はきっと、あなたがお供ではなくお友だちの一人かなにかと思うはずです。ただ、旦那さまや奥さまがたまたま振り返って話しかけられるような場合には帽子を取らねばなりませんが、その時には、親指ともう一本の指で帽子をつまみ、他の指で頭を掻くようなふりをすればよいでしょう。

冬場、食堂の暖炉に火を入れる時には、食事が供される二分前にすればよい。旦那さまはそれを見て、よく石炭を節約しているな、と思ってくださいますから。

火を掻き混ぜるように言われたら、火掻き箒で石炭を置いてあるところの格子の間に溜まった灰を落とせばよいでしょう。

馬車を呼んでくるように言われたら、たとえ真夜中であっても、玄関から先へ出て行くようなまねをしてはいけません。ご用の時に対応できませんからね。玄関先に突っ立って、馬車、馬車、と半時間も叫んでいればよいのです。

召使の仕事着を着た面々というのは、世の中からなにかと悪しざまに扱われるものですが、気を落とさずにやっていると結構な幸運に恵まれることがあります。私の昔の友人で、宮廷に出仕しているご婦人の下男をしていた者がいます。このご婦人は高い役職に就き、伯爵の姉で、やはり身分の高い夫を亡くしたというお方。このお方が、私の友人のどこか上品な物腰や彼女の椅子の前を歩く時の優雅さ、自分の髪を帽子の中に隠しておく粋な姿などを認めて、彼にはいろいろな好意をほどこしていました。ある日のこと、このご婦人は、トムというこの下男を馬車の後ろに乗せて、散策に出かけられた。馭者はわざと道を間違え、ある正式な教会の前に馬車を止める。そこで二人は結婚をし、トムはしっかりと奥さまと並んで馬車に乗り、それでお屋敷に戻ったというわけです。もっとも不運なことに、トムが彼女にブランディの飲み方を教えたばっかりに彼女はそれで亡くなってしまいました。酒を買うために彼女が持っていたお皿をすべて売りとばした挙句に、です。そういうわけで今、トムは麦芽製造職人になっているのですがね。

もうひとり、わが仲間にバウチャーという有名なばくち打ちがいましたが、この男などは五万ポンドもの金をばくちで手にした上、雇い主であったバ××××ム公〔原文では名前の一部を伏せているが、バッキンガム公のこと〕には給料の未払い分を支払うよう催促を繰り返したそうです。ほかにも幸運な事例はたくさんあります。特に、自分の息子が王宮で大事なお役目に就いているなんていう者もいます。ですから、皆さんには次のような助言だけ申し上げておけば十分でしょう。つまり、あらゆる人々、特に、お抱え牧師や侍女、そのほかお屋敷内で上役の召使などに対しては、ずうずうしく生意気な感じで振る舞い、少々、蹴とばされたり鞭で叩かれたりするようなことがあっても気にしないことです。そうすれば、やがてその押出しが効き目を発揮し、従僕服を着ている身分から、連隊の旗持ちくらいにはすぐにでもなれるでしょうから。

椅子の後ろで食事の給仕をしている時には、椅子の背中を絶えずねじごじといじくりまわしているように。あなたがちゃんと控えているということを椅子の主に知らせるためです。

陶器を運んでいて、これを落としてしまう、ということはよくある災難のひとつですが、そういう場合には、広間で犬と出くわしたとか、たまたま侍女が扉を開けたのでぶつかってしまったとか、入り口に置いてあったモップにつまずいたとか、袖が錠前にさしてあった鍵や把手に引っかかった、などと言って言い訳をすること。

旦那さまや奥さまが寝室で話をしていて、どうやらあなたやあなたの召使仲間のことが話題になっているらしいと感じたら、仲間たちみなのために戸口で立ち聞きをし、この連帯を傷つけるようないかなる変更も阻止すべく、みなが力を合わせて適切な対策を講じること。

万事うまく行っていても驕ってはいけません。運命は車輪のごとしと言うではありませんか。うまく行っているとすれば、それは車輪の一番上にいるというだけのこと。身ぐるみはがされ、戸口で蹴飛ばされて追い出され、給料をすべて前払いにして古靴を仕立て直して赤いかかとの靴にし、なんとか中古のかつらを手に入れ、レースのひだ飾りを修繕し、おまけに飲み屋のおかみさんや酒屋には借金の山、そんなことがこれまでたびたびであったことを思い出さなければいけません。近所の酒屋だって、以前は、手招きをして朝あなたを呼び寄せ、うまい牛の頰肉をただで食べさせてくれ、つけは飲み代だけでいい、なんて言っていたのに、ひとたびお屋敷をクビになって追い出されたとなると、あなたの給料から支払うようにと旦那さまのところに押しかけ、給料などもはや少しも残っていないと分かると、執行吏といっしょにどんな小さな穴蔵までも追いかけてきたではありませんか。あっという間に着ている服も古びてすり切れ、かかとは丸出し、なんてことになるのを覚えていなければいけません。職探しをするにも古い従僕服を借りて、なんとか体裁を繕わなければならない。昔の知り合いがいるお屋敷に忍び込んでは、残り物をくすねてなんとか生き延びる。総じて、古い歌謡にも歌われているような人間生活の最低の状態、それがクビになった従僕の宿命なのです。ですから、万事うまく行っている時にこそ、こうした悲惨なことを思い出さなければいけない、そう私は申し上げておきたいのです。従僕仲間だったのに今は追い出されて広い世間で何のつてもない、そういう者たちをしっかり見守ってやりなさい。そういう者たちのひとりを雇い、自分が酒場に行きたい時にはかわりに奥さまの用事をさせ、時にはひと切れのパンや冷肉をこっそり分けてやるといいでしょう。あなたの旦那さまにしても、それくらいのことは何でもありません。まだ正式にお屋敷の召使になってはいないので寝る場所がないということであれば、厩舎か馬車入れの中、ないしは裏手階段の下あたりに寝かせ、お屋敷にたびたび訪れる紳士の方々に彼を優れた召使として推薦してあげるのです。

従僕として老いて行くのはなんとも情けないことです。したがって、年をとっても、宮中に職を得たり、軍務に就いたり、あるいは家令の後継ぎになったり徴税官になったりするような見込みがなければ（この最後の二つになるには読み書きができなければなりませんし）、そしてまた、旦那さまの姪御さんや娘さんと駆け落ちするようなことも望めないとなれば、追いはぎになることを強くお勧めしたい。それこそが残された唯一の名誉ある仕事だからです。追いはぎ仲間には、きっと多くの旧知の者がいるでしょうし、短くとも人生愉快に暮らし、死に際にひと花咲かせることができる。ではその死に際についていくつか留意しておくべきことをお話ししましょう。

私がしようというこの最後の助言というのは、つまり絞首台での振る舞い方に関するものです。旦那さまのものを強奪するにせよ、どこかのお屋敷に盗みに入るにせよ、路上で追いはぎを働くにせよ、あるいは酔っぱらって喧嘩をし最初に出会った人物を殺してしまうにせよ、いずれの場合もたいていは絞首台送りということになるでしょうが、それは、あなたが有する次の三つの性質のどれかによるものです。すなわち、仲間を愛するということ、寛大な心の持ち主であるということ、あるいは、あまりにも血気盛んであるということ、この三つです。これから記すような具合にあなたがよい振る舞いをできるか否かは、召使仲間全体に関わります。つまり、まず裁判に際しては、あらゆる厳粛な祈りの言葉を並べ立てて事実を否認すること。もし許されれば、きっとたくさんの仲間が法廷に駆けつけ、求められればみな喜んであなたの身の潔白を裁判官の前で明らかにしてくれるでしょう。それから、一切、自白などしてはいけません、仲間の罪を明らかにすることであなたが放免になるという約束がなければ、です。[*9] もっとも、こんなことを申し上げても、無駄かも知れませんね。なにしろあなた方は、仮に今日のところはうまく逃れても、またいつか同じことを繰り返すでしょうから。それから大事なのは、ニューゲート監獄で一番の作家に最後の言葉を書かせること。[*10] 心優しい女友達などはきっと上等の肌着や、深紅もしくは黒のリボンが上に付いた白い帽子を差し入れてくれるでしょう。監獄では、すべてのお仲間に元気よく暇乞いの挨拶をし、勢いよく台車に乗り込むこと。そして跪き、目を上げ、文字が読めようが読めなかろうが、両手で一冊の書物を持つこと。絞首台ではあくまで事実を否認し、首切り役人に接吻をして許しを請い、そうしていよいよ、おさらば、というわけです。召使仲間の手であなたは盛大に葬られ、外科医には亡骸に指一本触れさせることなく、[*11] あなたの名誉は、同じくらい名誉ある者が後を継ぐまでずっと続くのです。

第四章　馭者（コーチマン）の心得

馭者の務めは、厳密に言えば、馬車の馭者席に座って旦那さまなり奥さまをお運びすること、ただそれだけです。

まず、馬をよく訓練しておくことが大事ですね。奥さまのお供をし、奥さまが先方を訪問している間、あなたがちょっと近所の酒屋に寄ってビール一杯、友だちと飲んでいても大人しく待っているように、ということです。

馬車を走らせる気がしない時には、馬が風邪を引いたとか、蹄鉄を直さなければならないとか、雨が降りそうだから、馬にも良くないし、馬車は汚れるし、馬具も腐ってしまいます、などと旦那さまに申し上げるがよい。これは馬丁の場合も同じです。

旦那さまが田舎のお友だちと食事をされる時には、好きなだけ酒を飲むがよい。よい馭者とは飲んでいる時ほど見事に馬を操るわけで、崖っぷちを走ってあなたの腕前を見せ、飲まなければこんなに上手くは行きません、などと申し上げればよいのです。

もしどこかの紳士があなたの馬の一頭をお望みで、馬の代金のほかにあなたへのお礼も考えているようであれば、なんとしてもそれを売るよう旦那さまを説得しましょう。あの馬はどうも気性が荒くて旦那さまのお供はできませんし、足を引きずっていますから、売った方がいいです、などと言えばよいでしょう。

日曜には、教会の戸口で下男に馬車の見張りをさせておきましょう。こうすれば、旦那さまと奥さまが教会にいる間、あなたは馭者仲間と酒屋で愉しく酒杯をあげていられるというわけです。

馬車の整備は怠りなくやり、できるだけ頻繁に新しい車輪を買わせるようにしましょう。古い車輪があなたの役得として手に入るかどうかは別ですが。もちろん古いのが手に入れば、それは正しくあなたの利益になりますが、手に入らなくても、それは、むやみに新しいものを欲しがる旦那さまへの正当なる罰ということになるでしょう。それに、たびたび新しい車輪を買うようにしていれば、おそらく馬車屋の方でもあなたにお礼を、ということになるはずです。

第五章　馬丁（グルーム）の心得

旅行中の旦那さまの名誉はすべて、馬丁の手に委ねられています。あなた方の胸の内にそれはすべて収められている、というわけです。旦那さまが田舎を旅行して宿屋にお泊りの際には、馬丁がブランディやエールを飲めば飲むほど、旦那さまの評判は上がります。ですから、旦那さまの名声は、馬丁にとっても一大事、けちけちしてはいけませんよ。鍛冶屋や馬具職人、宿の料理人、下足番などなど、みなが是非とも旦那さまのご好意にあずかれるようにすべきです。そうすればその名声は、地方から地方へと広まるばかり。それに比べ、エールひと樽、ブランディ一杯が旦那さまの懐に何の問題がありましょうか？　かりに旦那さまが評判よりも財布を気になさるような方であったとしても、馬丁たるあなたが評判の方にしっかりと気を配らなければなりません。旦那さまの馬は二度、蹄鉄を取り換え、あなたの馬の蹄鉄も新しく釘を打つこと、旅に必要な量以上の燕麦および豆を頂戴すること、そしてその三分の一を切り詰めてエールやブランディに換えること。こうした馬丁の差配によって旦那さまの評判は高く保たれ、費用もあまりかからない。もし、あなた以外にお供がいなければ、勘定書などはあなたと酒屋の話し合いだけで簡単にでっち上げられるというわけです。

　そこで、宿屋に着いたらすぐさま、あなたは馬を厩舎係に預け、近くの池まで水を飲みに連れて行かせて、こちらはさっそくエール一杯を注文する。キリスト教徒たるもの、動物より先に飲むのは当たり前のことです。旦那さまは宿屋の給仕係に任せ、馬の方は厩舎係に委ねること。ふさわしい者の世話になるのが一番で、馬丁は自分で自分の面倒だけを見ればよい。夕食を済ませてたっぷりと飲み、旦那さまをいちいち煩わせることなく床に入る。旦那さまには、あなたよりも適切なお世話係がついているわけですし、宿屋の馬丁はだいたい正直者で心から馬好きですから、この世で最もおとなしい動物によもや間違ったことはしますまい。朝は、旦那さまのことを気遣って、あまり早く起こさないよう宿の者に命じておくとよいでしょう。あなたは、旦那さまが起きる前に朝食を済ませ、旦那さまをお待たせしないようにしましょう。そして宿の馬丁には、道はたいへん良く、距離もあまりありませんが、天気が良くなるまでもう少し滞在されてはいかがでしょうか、と旦那さまに伝えさせましょう。何しろ旦那さまは、雨になるのがお嫌いですし、そもそもお昼を食べてから出発しても十分なのですから。

　馬には先に旦那さまに乗っていただくこと。それが礼儀というものです。旦那さまが宿を発つ際には、馬の面倒を見てくれていた宿の馬丁に、その労をねぎらうような言葉を伝え、また、宿で働く他の者たちにも、これほどすばらしい召使はいないなどといったお愛想を言うのを忘れないように。旦那さまには構わず先に行かせておき、宿の主人が一杯飲ませてくれるまでとどまっているのがよいでしょう。その後は馬を飛ばして町もしくは村を抜け、旦那さまに追いつくように。旦那様の方で用があるといけませんし、またこうすれば、あなたの巧みな馬の扱いをご覧に入れられるというものです。

獣医の心得が少しあれば、というのもよい馬丁は誰でも皆そうですが、毎晩、馬の踵をこすってあげるためだと言って、サック酒かブランディ、もしくは強いビールなどを手に入れること。けちけちしてはいけませんよ。もし残れば（というのは多少使った場合の話ですが）、それをどう片付けるかはもちろんご存知の通り。

旦那さまの健康を考え、長旅をさせるよりは、馬が弱っていますとか、酷使したために体重が落ちています、などと言うのがよいでしょう。旦那さまが目ざしておられるところより五マイルも近くにとてもよい宿屋がありますと申し上げるのでもよし、あるいは、朝、馬の前足の蹄鉄の一つを緩めておくとか、わざと鞍が馬の骨にじかにあたって痛いようにしておくとか、といったことでもよいでしょう。夜も朝も穀草を与えずにおいて馬が途中でくたびれてしまうようにしてもよいし、薄い鉄板を蹄と蹄鉄の間に押し込んでおき、足を引きずらせるのでもよい。これらはすべて、旦那さまのお体を考えてのことなのですから。

あなたがある旦那さまに雇われるという際に、酒が好きかと訊かれたら、構わずに、上等のエール一杯が大好物、ただし、飲んでいてもしらふでも、馬をほったらかしにするようなことは決してないのがわが流儀、と申し上げればよいでしょう。

旦那さまが健康のため、もしくは娯楽のために馬に乗ろうとなさっているものの、あなたには何か個人的な用があってお供するのが不都合な場合は、こうお伝えするのがよいでしょう。曰く、馬の瀉血なり排泄なりをしてやらなければなりません、とか、旦那さまの鞍敷きが擦り切れてしまいました、とか、鞍の詰め物がなくなってしまいました、とか、馬勒（ばろく）〔馬の頭につけるおもがいやくつわ、手綱など〕を修繕しなければなりません、といった具合。こう申し上げるのに、何も良心のとがめを感じる必要はありません。馬にも旦那さまにも、傷つけるようなことは何もしていないのですから。しかも、あなたが、もの言わぬ動物に細心の注意を払っているのだということを示すことにもなりましょう。

あなたが向かっている町中に、何か特別にお目あての宿屋があり、宿屋の馬丁や給仕、召使の面々と親しいというような時には、ほかの宿屋の悪口を言い、旦那さまにそのお目あての宿屋を勧めるようにしましょう。おそらくは、エールやブランディを一、二杯多く頂戴できるでしょうし、それが旦那さまの名誉にもなります。

干し草を買いに行くよう仰せつかったなら、あなたに対してもっとも気前よく対応してくれるところで買うように。ご奉公は親から受け継いだというわけではないのですから、法にも適い、習慣にもなっているような役得を見逃すべきではありません。旦那さまがそれを自らお買いになるなどというのは、あなたをいじめているようなもの。旦那さまのすべきことをきちんとお教えし、旦那さまがお買いになった干し草が続く限り、あれこれ不備を口にするようにしましょう。それでも馬がピンピンしているとしたら、それは要するに馬丁の思慮が足りない、ということです。*12

馬丁が巧みに扱えば、干し草や燕麦は上等なエールにもブランディにもなる。ただし、ここではそう仄めかすだけにしておきます。

旦那さまが田舎のお屋敷で食事をされたりお泊りになったりされる場合、たとえそのお屋敷には馬丁がいないとか、いても留守だとか、あるいはそのお屋敷では馬の面倒を見ていない、といった状況であったとしても、旦那さまが馬に乗られる際には、必ずそこの召使の一人に手綱の抑えをさせること。これは、旦那さまがほんの数分立ち寄っただけという場合であっても、必ずやって欲しいと思います。召使同士、いつもお互い仲良くすべきですし、旦那さまの名誉にもなることです。旦那さまだって、手綱を取ってもらえば、少々のお金をあげないわけにはいかないのですから。

長旅の折には、旦那さまにお願いして馬にエールを飲ませるようにしましょう。たっぷり二クォートほどを厩舎に持って行き、半パイントほどを器に注ぎます。もし馬が飲もうとしなければどうするか、それはもう、あなたや宿屋の馬丁は心得ていますよね。馬はひょっとすると次の宿では飲む気になるかも知れませんから、この試み、ずっと続けていただきたいものですね。

馬を公園や野原などに連れ出した折には、助手か下男にでも馬を預けておきましょう。彼らは馬丁よりも足が速いでしょうから、競争してもあまり馬を痛めることはないし、垣根や濠をうまく飛び越える方法も教えてやれるでしょう。[*13] その間あなたは、馬丁仲間と愉しく飲んでいればよい。もっとも時には、馬丁同士が自らの馬や旦那さまの名誉のために競争しても構いませんがね。

お屋敷に馬がいる時には干し草や燕麦を出し惜しみしてはいけません。飼葉格子の一番上まで、そして飼葉桶の隅々までいっぱいにしておきましょう。もちろん馬に食欲がない時もありますが、ケチケチされるのはあなた自身、嫌でしょう。馬には欲しいものがあってもそれを言う舌がないことを考えなければいけません。もう満腹だと馬が干し草を放り出したとしても、それは寝藁になって麦穂の節約になりますから、決して無駄にはなりますまい。

旦那さまが田舎の紳士のお屋敷に一晩泊ってお発ちの際には、その名誉のことをよく考えること。どれほど多くの男女の召使が心づけを期待しているのかをお知らせしておきましょう。またそのお屋敷の召使たちには、旦那さまがお発ちの際、二列に並んでお見送りするように伝えておくのです。ただし、旦那さまが執事にまとめてお金を託すようなことはなさらないようにしなければいけません。執事が他の者を欺くといけませんから。ですから、旦那さまは、より気前よく振る舞わなければならないということになります。あなたは機会を見つけて、以前お仕えしていた旦那さまは、普通の召使にはいつもこれこれの額を、女中頭その他にはしかじかをあげていたと旦那さまに申し上げておくのです。旦那さまがお考えの少なくとも二倍の額にして、ですね。そして、この召使たちには、あなたがどれほど貢献しているのかをちゃんと話すこと。そうすれば、あなたは彼らから愛され、旦那さまの名誉が守られる、というわけです。

駅者がいくら言い張ったところで、馬丁の方が飲む機会は多いでしょう。危険と言えば、自分の首の骨を折るくらいなもの。馬の方はおそらくちゃんと自分の身を守ることを心得ていて、脚を少し痛めたり、肩の骨を外したりというくらいで危険をかわします。

旅行中に旦那さまの乗馬服を持ち運ぶ時には、自分の服をその中に入れてくるみ、革ひもでぎゅっと縛っておく。ただし、旦那さまの服は内側が外になるよう裏返しにしておくこと。これは、外側が濡れたり汚れたりしないようにするためです。こうしておけば、雨が降り出しても、真っ先に服を旦那さまにお渡しすることができます。旦那さまの服があなたのより傷んだところで、問題はありません。旦那さまはもっといい服を買えますが、こちらのお仕着せは一年中ずっと着ていなくてはならないのですから。

かなり激しく馬を乗りまわしたために馬が汗をかき、また汚れている状態で宿屋に到着したような場合、馬は熱を帯びていますから、宿屋の馬丁に言ってすぐさま腹まで水に浸からせ、好きなだけ水を飲ませてやるとよいでしょう。ただし、その後、少なくとも一マイルは全力疾走させ、皮膚の水を乾かすとともに飲み込んだ水を温めることを忘れてはいけません。[*14] 宿屋の馬丁は万事心得ていますから、その辺のことはすべて彼の差配に任せ、あなたは台所の火にあたりながらビール一杯ないしはブランディでも飲んで、ひと息つけばよいでしょう。

馬が蹄鉄を落とした時には、すぐに下りてそれを拾い、それから近くの鍛冶屋まで馬を全速力で走らせ（蹄鉄はあなたが手に持って行くこと、道行く旅人はみな、あなたは注意深いと思ってくれるかも知れません）、そしてすぐに蹄鉄を打ってもらえばよいでしょう。そうすれば旦那さまをお待たせすることもありませんし、馬が蹄鉄なしでいる時間をできるだけ短くすることになります。

旦那さまがお友だちの紳士のお屋敷に滞在しておられる時には、たとえそのお屋敷の干し草や燕麦が上等のものであったとしても、質が悪いと大声で不満を言うようにしましょう。実に勤勉な召使だという評判が立ちます。ただし馬には、そのお屋敷に滞在中、燕麦を腹いっぱい詰め込ませ、その後数日間は、宿屋で食べさせる燕麦を減らし、その分をビールに変えてしまえばよいわけです。なお、紳士のお屋敷を出たら、あの方はなんとも欲張りでけちん坊でした、なにしろバターミルクと水くらいしか飲ませてもらえませんでした、と旦那さまに伝えること。そうすれば次の宿屋でビール一杯くらいは余計に恵んでもらえます。その紳士のお屋敷でたまたまあなたが酔っ払うようなことがあっても、ご自分の懐が痛むわけではないのだから、旦那さまもお怒りになるはずはありません。ですから、酔っ払っていてもそういうことを旦那さまにはしっかりお話しし、その紳士の友人の召使が手厚くもてなされるのは、旦那さまにとっても、また紳士ご自身にとっても名誉になることだと理解していただく必要があります。

主人たる者、いつも馬丁を愛し、立派な服を着させ、銀のレース飾りのついた帽子を被らせるようでなければいけません。もしあなたがこのような恰好をしていれば、道行く人たちから旦那さまが受け取る敬意は、まずあなた自身の姿によるものだけと考えてよいでしょう。荷馬車が来るたびに道を譲ったりしないで済むのは、馬丁の服に払われる敬意から旦那さまが間接的に礼儀正しい扱いを受けるということなのですから。

時には旦那さまの馬を、あなたの召使仲間やお気に入りの女中さんの小旅行のために貸し出したり、一日いくらかの料金で借りたい人に使わせたりするとよいでしょう。馬も運動不足になるといけませんから。そういう折に、たまたま旦那さまが馬に乗るとか厩舎をご覧になりたいなどとおっしゃった場合には、間抜けな助手が鍵を持って行ってしまった、けしからんことです、などと悪態をつけばよいのです。

居酒屋で一、二時間友だちと過ごしたいのだが適当な外出の理由がない、というような場合には、厩舎の戸や裏口から、馬勒や腹帯、鐙(あぶみ)革などをポケットに入れて出かけて、帰宅に際しては、その同じ馬勒やら腹帯、鐙革などを手にぶら下げ、馬具屋でそれらを修繕してもらってきたのだという調子で玄関から入ればよいでしょう（留守の間に気づかれさえしなければ大丈夫）。旦那さまに出くわすようなことがあれば、たいへん気の利く馬丁だということになる、成功した事例を私はよく知っています。

第六章　家屋管理人（ハウス・ステュアード）ならびに土地管理人（ランド・ステュアード）の心得

屋敷を壊し、家財を売り払い、修繕費を主人に請求したピーターバラ卿の管理人。借地人からは債務履行猶予のために金を取る。借地契約を更新してそこから儲けを得、森林を売り払う。主人に主人自身の金を貸す（『ジル・ブラスの物語』にはよくこんなことが出てくるので、それを利用した[*15]）。

第七章　玄関番（ポーター）の心得

旦那さまが国の大臣なら、誰にも在宅とは言わぬこと。ただし次の者は除く。売春宿の主人、取り巻き連中の親分、お雇い文士、配下のスパイや情報提供者、お抱え印刷屋、弁護士、土地投機師、投資顧問、株屋。

第八章　部屋係（チェインバー・メイド）の心得

部屋係の仕事は、お仕えする奥さまの身分やプライド、富によってさまざまです。この文章はすべてのお屋敷にあてはまるようにと書いていますから、個々のメイドさんの務めに対応させるのはいささか難しいところがあります。大きなお屋敷ですと、部屋係は、いわゆる女中（ハウス・メイド）とは異なりますので、私もそのような場合について心得を記すことにしましょう。あなたの仕事場は奥さまのお部屋で、あなたはそこで、寝床を整え、いろいろなものを整理する、ということになります。田舎のお屋敷であれば、訪問されたご婦人方の部屋もあなたの担当ということになりますが、あなたの手に入る役得もすべてはそこから、ということになります。通常、あなたの恋人は馭者ではないかと思いますが、あなたが二〇歳以下で可愛らしければ、従僕の目にとまることもありましょう。

奥さまの寝床を整える際にはお目当ての従僕に手伝ってもらいましょう。若いご夫婦にお仕えしていれば、寝床を整える際にこの従僕もあなたも、実に結構なものを目にすることがありましょう。それをひそひそ話で触れ回れば、家中の者が面白がり、また近隣にも知れ渡ることになるでしょう。

寝室用便器を持ち運んで皆に見られるようなことをしてはいけませんよ。窓から中身を投げ捨てればよい、奥さまの名誉のためです。麗しきご婦人方がそのような物をお使いになるなどということが男の召使に知られるのはまことによろしくありません。それから、便器を磨いたりする必要もありません。その匂いは健康によいのですから。

はたきの先で暖炉や箪笥の上の陶器を壊してしまったら、破片を集めてできるだけよくつなぎ合わせ、他のものの後ろに置いておくこと。そうすれば、奥さまが気づかれた時、お仕えするずっと前から壊れておりましたとお応えしても問題ありません。奥さまだって、長時間にわたっていらいらしたりせずに済みますから。

同じような具合で鏡を割ってしまうこともあるでしょう。お部屋の掃除中、ちょっとわき見をしていてはたきの先が鏡にあたって、もう鏡は粉々。これは不幸中の不幸と言うべきもので、取り繕おうとしてもうまく行きません。なにしろ隠せませんからね。実は私がかつて従僕をしていた大きなお屋敷で、こういう致命的なできごとがありましたので、その詳細をお伝えし、突然降ってわいたような恐るべき緊急事態に臨んで、かわいそうな部屋係がどんな工夫を凝らしたかをお教えしましょう。不運にもあなたが同じような事態に見舞われるようなことがあった場合には、あなた自身がさらに工夫を重ねる助けになるでしょうから。この女の子は、漆器のフレームに入っている高価な鏡を割ってしまいました。はたきをぶつけてしまったのです。すると彼女はすばやく、驚くべき冷静さをもって、まず部屋の扉を閉め、部屋に面した庭の方へ忍んで行って三ポンドも重さのある石を部屋へ持ち込み、鏡のちょうど下にある暖炉の炉床のところに置きました。それから、その庭に面した上げ下げ窓の一枚を叩き割り、それから扉を閉めて他の仕事をしに行ってしまったのです。二時間後、奥さまが戻ってきて部屋に入ると、鏡が割れ、石がその下に落ちていて、窓ガラスも壊されている。これはどう見ても、近所のごろつきか、もしくは庭仕事をしていた召使が、悪意か事故かもしくは不注意により石を投げつけ、このようなことになったのだと、奥さまは、まさに部屋係が望む通りにお考えになったのです。ここまでのところはすべてうまく運び、彼女は危機が去ったと考えました。しかし、彼女にしてみれば実になんとも不運なことが起こりました。数時間後に教区牧師さんがやってきて、奥さまは(まあ当然と言えば当然ですが)このことを牧師さんに話しました。なにしろ奥さまにしてみれば一大事だったわけですから。するとこの牧師さんは、たまたま数学の心得があり、庭と窓、暖炉の位置関係を調べた上で、石は、外で投じられてから三度向きを変えなければ鏡には到達しえないということを奥さまに納得させるに至ったのです。部屋係の彼女が朝、部屋を掃除していたのは分かっていましたから、彼女は厳重に取り調べられました。しかし彼女は神に誓って身に覚えがないと主張し、自分はまだ生まれざる子供と同様、潔白であると、牧師さんの前で聖書にかけて誓いを立てたのですが、結局、この子はお屋敷をクビになってしまいました。彼女の頭の回転の良さを考えると、これは酷な扱いだったと私は思いますが、ともあれこの話は、同じような事態に遭遇した際、あなたはもう少しよく辻褄の合った話を作るようにとの教えにはなるのではないかと思います。たとえば、モップやはたきで掃除をしていたら、突然、窓辺に稲光が走って目がくらみ、次の瞬間、割れた鏡が暖炉にガチャンと落ちる音がし、目が見えるようになってみると鏡は粉々でした、というような言い方もできますね。または、鏡が少し埃をかぶっていましたので、それを丁寧に拭き取ろうとしましたところ、湿気のせいで糊か接着剤が溶けてしまったらしく鏡が地面に落ちてしまったのです、などとも言えますね。あるいは、鏡を割ってしまったらすぐに、鏡を壁に固定してある紐を切ってまるごと床に落としてしまい、その後、驚愕の体で部屋から飛び出し、家具職人はまったくひどい、危うく自分の頭の上に落ちるところだったと奥さまに申し上げる、とか。こんな便法を私がお話しするのは、罪なき者を守ってあげたいという願いからにほかなりません。わざと鏡を割ったのでなければ、罪はないはず。わざとやったのであれば、それはもちろん弁解の余地はありません。もっともよほど腹を立てるようなことがあったのであれば別ですがね。

火ばさみや火かき棒、石炭すくいなどには、てっぺんまでしっかり油を塗っておくこと。[*16] 錆びつかないようにするためばかりでなく、おせっかいな人がやたらに火をかき回して旦那さまの石炭を無駄に使わないようにするためです。

急いでいる時には埃を部屋の隅へ寄せておけばよいでしょう。ただし、人に見られぬよう、はたきを上に乗せておくのを忘れないように。見られたら格好悪いですからね。

奥さまのベッドメイキングを終えるまでは、手を洗ったりきれいなエプロンを掛けたりはしないように。エプロンがしわくちゃになってしまいますし、手もまた汚れてしまいますからね。

夜、奥さまの寝室の窓扉を閉めますが、外側の窓は開けておくとよいでしょう。新鮮な外気が入り、明け方にはお部屋が気持ちよくなりますから。[*17]

窓を開けて空気を入れ換える時には、奥さまの本なども窓辺の腰掛けに置いておきましょう。そういうものにも新鮮な空気をあててあげるためです。

奥さまのお部屋掃除の際には、汚れた下着やハンカチ、キャップ、針刺し、茶さじ、リボン、スリッパなどなどいろいろなものが転がっているでしょうが、こうしたものは全部お部屋の隅に掃き寄せ、ひとまとめに取り上げるようにすればよいでしょう。時間の節約です。

暑い季節にベッドメイキングするのはたいへん骨が折れ、汗をかきますね。ですから、額から汗の滴がしたたり落ちてしまったら、シーツのすみでこれをきれいに拭き取り、ベッドの上には残らないようにしておきましょう。

奥さまに陶器を洗っておくように言われてこれを落としてしまったら、それを拾って奥さまのところへお持ちし、手で触ったとたん、きれいに三つに割れてしまったのです、と申し上げるようにしましょう。ここで皆さんやお仲間にもぜひ申し上げておきたいのは、必ず言い訳をする、ということです。言い訳をしたところで、旦那さまには何の害にもなりませんし、あなたの罪が軽くなりますからね。この場合でも、別にコップを割るのを褒めるわけではありませんが、わざとやったわけではありませんし、手で触ったために割れる、ということもないわけではありませんから。

葬式とか喧嘩とか処刑される男とか婚礼とか車に乗せられて引き回される売春婦とか、そういうものを見てみたくなることがありますね。それで、そういう行列が通りかかった時に、すぐ窓を開けようとしたが、あいにくこれが開かない、というような場合、それはあなたの責任ではありませんよ。若い女がこういうものを見たくなるのは当然のことで、窓の紐を切るしか方法はないではありませんか。誰かに見られたら、大工のせいにしてしまえばよいのです。あなたに何の罪もありはしません。

洗濯のために奥さまの下着が放り出されていたら、それを着るとよいでしょう。あなたにとっては名誉なことですし、自分のを使わずに済むし、何も悪いことはありません。

奥さまの枕にきれいな枕掛けをつける時には、三本の大きなピンでしっかり留めておくこと。夜、枕掛けがずり落ちないようにするためです。*18

お茶のためにパンとバターを用意する際には、パンの塊にあるすべての穴にバターをぎゅっと詰め込んでおくとよいでしょう。こうすれば、食事の時までパンが湿気を失いません。それから、パンの一切れ一切れの片側にだけあなたの親指の跡を残しておけば、あなたがきれい好きで両側をさわってはいないということが分かるはずです。

扉や旅行鞄、あるいは箪笥などを開けるように、もしくは閉めるように命じられたものの、その鍵が見つからないとか鍵の束の中のどれだか分からないというような時には、まず適当な鍵を鍵穴に突っ込んで力いっぱい回してみること。うまく行くのもよし、鍵を壊してしまうのもよし。何もしないで戻っていけば、奥さまにはバカだと思われてしまいますから。

第九章　侍女（ウェイティング・メイド）の心得

昨今、あいにく侍女の安楽と利益を損なうような二つのことが起きました。一つは、奥さま方がご自身の古着を陶器と交換したり、安楽椅子のカヴァーに仕立て直したり、あるいは衝立や腰掛け、クッションなどの継ぎはぎに使ったりするような悪しき習慣が広まったこと。もう一つは、お茶や砂糖をしまっておく鍵の付いた箱や鞄が発明されたこと。お茶や砂糖のおこぼれにあずかれないとなると、もはや侍女などやってゆけません。自分で安い赤砂糖を買い、すっかり気が抜けた味のしない茶葉でお茶を入れて飲まなければなりませんから。この二つの悪しき状況に対しては、私にもよい対抗策はありません。前者については、どのお屋敷でも召使が一致団結し、公共の利益のために陶器の行商人を玄関先から追い出すしかないでしょう。後者については、合鍵を作るしか解決策はないように思いますが、これはかなり難しく危険を伴います。ですが、あなたがそうしようとすることは、間違いなく、正当なことだと思います。なにしろ、昔からしかるべく侍女に認められた役得を奥さまが拒んだために生じた不当な扱いに憤っているわけですから。ひょっとするとお茶屋の女将さんが半オンスくらいずつ茶葉を恵んでくれるかも知れませんが、そんなのは大海の一滴にすぎません。結局侍女は、ほかの召使の女の子と同じく、つけで買い、お給金がある限りはそこから支払うということになってしまいます。もっともこの損失は、奥さまが美人であったり、お嬢さま方が豊かであったりすれば簡単に補えるものではあるのですがね。

もしあなたが大きなお屋敷で奥さま付の侍女であるなら、たとえ奥さまの半分も美しくなかったとしても、旦那さまのお気に入りになるのは必定です。その場合には、できるだけ旦那さまからいただけるものはいただくようにしなければいけませんよ。手を握るくらいだって金貨一枚をもらわなければ絶対許してはなりません。そうやって、先方が新たな試みをしてくるたびに相応の支払いをしてもらうようにする。あなたが譲歩する度合いに応じて倍増しにしてやればよいのです。しかも、お金はいただきつつ、抵抗してみせたり声を上げますとか奥さまにお伝えしますなどと脅したりするのを忘れてはいけません。胸をさわらせて金貨五枚なら安いものです。もちろんそれでも力いっぱい抵抗するそぶりを見せなくてはいけませんが。ただ、最後の砦は、一〇〇ギニーもしくは年二〇ポンドを一生いただける、というくらいでなければ決して許してはいけません。

このようなお屋敷で、もしあなたが美人なら、恋人を次の三人の中から選べるでしょう。つまり、牧師か家令か従僕です。まずおススメなのは家令ですが、もしあなたが若くて旦那さまの子を孕んでいるような場合には、牧師がよいでしょう。三人の中では従僕が、私の評価は最も低いのですが、なぜかというと、従僕は仕事着を脱ぐやいなや、尊大で生意気な者が多いからです。それに、軍人か税関の役人にでもなれなければ、連中は追いはぎに身を落とすに決まっていますから。

旦那さまのご長男には特に慎重に応じなければいけませんよ。なにしろあなたの才覚次第では、この方と結婚し、あなたが奥さまになれるという可能性もあるわけですから。もしこの方が単なる遊び人とか愚か者である場合（どちらかであることが多いわけですが）、まず遊び人であるなら、もうこれは悪魔のごとくこの方を避けなければいけません。彼は、旦那さまが奥さまを恐れるほどには自分の母親のことを恐れはしませんし、何度約束したところで、結局、あなたはお腹が大きくなるか、病気をもらうか、いやたいていはその両方ですが、それくらいしか得るものはないのですから。

奥さまがご病気で、夜は眠れず、明け方になってうとうとされているような時に、従僕がお見舞いにやってきたら、せっかくのお見舞いを無駄にするようなことをしてはいけません。奥さまを優しく起こしてあげ、お見舞いのご挨拶を伝え、奥さまのお返事を受け取り、それからまた休ませてあげればよいのです。

お金持ちの若いお嬢さまにお仕えする幸運に恵まれながら、良縁を取り持つに際して五、六

○○ポンドくらいも手にできないとしたら、あなたは相当不器用だということになるでしょうね。お嬢さまの心に次のようなことを繰り返し吹き込んでおかなければいけませんよ。お嬢さまには、どんな男をも幸せにできるだけのお金があるということ、恋する以外に本当の幸せなどありはしないということ、お嬢さまは、無垢な恋心など決して意に介さないご両親の指図を受けることなく自由に好きな人を選べるのだということ、ロンドンの街中に行けば、立派で格好良くて優しい男がたくさんいて、彼らはお嬢さまの足元に喜んで命をも捧げるつもりであるということ、恋人同士の関係とはいわばこの世の楽園のようなものであって、恋には、死と同じく、身分の差別など全くないのだということ、たとえ生まれや財産の点でいささか見劣りする青年でも、お嬢さまが視線を投げかけてやりさえすれば、彼はお嬢さまと結婚し、それによって彼も紳士の仲間入りができる、そう言えば昨日、ロンドンでも最もおしゃれな道を歩いていたら立派な少尉さまを目にしたのですが、四万ポンドもあればあの方を旦那さまにできるのですが、などといった具合にいつも言って聞かせてあげるのです。それとともに、あなたがどれほどの令嬢にお仕えしているのか、あなたがそのたいへんなお気に入りであること、お嬢さまはあなたの意見にいつも耳を傾けているということを吹聴しておかないといけませんね。ロンドンのセント・ジェイムズ公園にたびたび出かけていれば、たちまち好男子たちがあなたに目を留め、手紙を袖や胸元に忍び込ませてくるはずですが、そんな時に、もし最低二ギニーくらいのお金が添えられていなければ、これはもう怒って手紙を引っ張り出し地べたに叩きつけてやればよいのです。お金がついていれば、気づかぬふりをし、ただあなたに対してふざけているのだと思っているような調子でお屋敷に戻り、お嬢さまのお部屋でひょいっとその手紙を落とすのです。お嬢さまはそれを見つけてお怒りになるでしょう。そうしたらあなたは、自分は何も知らない、ただある紳士が公園で自分にキスしようとしてきたことは覚えているので、きっとその紳士が袖なり下着なりに手紙を入れたのでしょう、それにしてもあの紳士は見たこともないようなすてきな方でしたが、手紙はお嬢さまのお好きなように焼くなりなんなりしてください、などと申し上げるのです。お嬢さまは、賢明な方であれば、きっとその場では他の紙を焼き捨て、あなたがお部屋からさがってからその手紙をお読みになるはずです。ボロが出ない限り、できるだけこんなやり方を繰り返すのがよいでしょう。ただし、手紙のたびに最もお金をはずんでくれる男をこそ、最もいい男としておく必要がありますね。ただし、そういう最上のお客からの手紙であっても、それを従僕にお屋敷まで持参させ、お嬢さまにお渡しくださいなどと言ってあなたに差し出すような厚かましいまねをしたならば、これはもう、その手紙を従僕の頭に投げつけ、この無礼なごろつき悪党め、などと言って玄関を従僕の前でぴしゃりと閉め、お嬢さまのところへ急いで行ってその顚末をお話しするのです。あなたがお嬢さまに忠実であることの証拠になりますから。

この話題はまだまだいろいろお話しできますが、あとはご自身の裁量にお任せすることにします。

お仕えしている奥さまがいささか情事にはまり込んでおられる場合には、慎重に事を運ばなければなりませんね。三つのことが大切だと思います。一つは、奥さまを喜ばせること、二つ目は、旦那さまやご家族に疑われないようにすること、そして最後に、しかし最も大事なのは、このことをできるだけあなたの得になるようにすること、です。なにしろこれは一大事ですから、すみからすみまで心得を記そうとすると大きな一冊の本になってしまうほどです。ともあれ、お屋敷での密会は、奥さまにとってもあなたにとっても危険を伴いますから、こちらも先方も自分のお屋敷ではなく、できるだけ第三の場所にした方がよいでしょうね。特に、これはたいていの場合そうなのですが、奥さまが複数の方を相手にされているとなるとこのお相手たちは旦那さまなどくらべものにならないくらい嫉妬深いことが多く、どんなにうまく差配したつもりでも、実に不運な鉢合わせみたいなことがしばしばおこりますから。あなたに対して最も気前よくしてくれる人のために良くしてあげる、ということは言うまでもないでしょうが、もし奥さまが、格好良い従僕に秋波を送っているようであれば、これは奥さまのお気持ちを考えて寛容に振る舞って差し上げましょう。決して珍しいことではなく、ごく自然な欲望によるものですし、お屋敷内の不義密通の中でも一番安全で、昔はほとんど疑われることもありませんでしたから。ただし最近はあまりにも数が増えてきたので、疑われることも多くなってきたようですがね。ただ危ないのは、こうした従僕はだいたい安物買いなので、病気を抱え込んでいることがあり、その場合は、奥さまにしてもあなたにしても、たいへん具合の悪いことになります。もっとも必ずしも手だてがまったくないというわけではないのですが。

それにしても正直なところ、奥さまの情事をどう扱うかについて私があれこれ申し上げるのはいささかおこがましいと思います。たしかに情事をめぐっては、従僕が旦那さまにしてあげられることにくらべ、皆さんが奥さまにしてあげられることはなかなか難しいものではありますが、皆さんはすでにその方面のことには精通し、知識もお持ちです。ですから私はこの問題を、私よりももっと適切な方の筆に委ねたいと思うのです。

絹のマンチュア〔当時流行した女性用のゆったりしたガウン〕やレースの頭飾りなどを大きな鞄や簞笥にしまう時には、ちょっと縁を外へ出しておくとよいでしょう。それをまた開ける時、何がどこにあるのか簡単に分かります。

第一〇章　女中(ハウス・メイド)の心得

旦那さまと奥さまが田舎へ一週間かそれ以上お出掛けになった場合には、お戻りになる一時間前までは、寝室や居間を掃除する必要はありません。こうすれば、お帰りになった時にはピカピカのお部屋にお迎えすることができますし、頻繁に掃除する手間が省けます。

気位は高いのにだらしのないご婦人方にはほとほと辟易しますね。こういう方々は、「薔薇の花を摘みに」と庭まで出て行く労を惜しんで、便器を身近に置き、時には寝室まで持ち込んだり、あるいは少なくとも寝室に隣接したうす暗いクローゼットに持ち込んだりして用を足されるのですから、たまったものではありません。[*19] そしてこの便器を運ぶお役目は、通常、女中さんですね。そのにおいたるやひどいもので、部屋だけでなく衣装さえ、近づく者に不快な思いをさせることになります。そこで、こういう下品な習慣をやめさせるべく、このひどいお役目を担った皆さんにいくつかアドヴァイスをすることにしましょう。便器を運び出すのは大っぴらにやるとよいでしょう。主階段を使い、従僕の面前でやるのです。誰かが玄関の扉をノックしたなら、両手に便器を抱えて扉を開ける。こうすればさすがに奥さまも、お屋敷中の男性の召使にご自分の排泄物をさらされるよりは、然るべき場所に出かけて用を足すのをよしとお考えになるでしょう。

モップを浸した汚い水の入った桶とか石炭箱とか壜とか箒とか便器などといったみっともない代物は暗い脇の出入り口や裏階段の最も奥まった場所にでも置いて目につかないようにしておきましょう。誰かがそれにつまずいて向こう脛を痛めるようなことが起きても、それはその人が悪いのです。

寝室用便器はいっぱいになるまで空にしてはいけません。夜、いっぱいになってしまったら、通りに向かって空ければよろしい、朝なら、庭へ空けましょう。屋根裏部屋や階上のお部屋から裏庭へ何度も行ったり来たりしていたのではきりがありません。それから便器を洗うには、ご自身のもので十分。他のきれいな水などを使ってはいけません。そもそもきれい好きな娘さんが、どうして他人の小便を洗ったりできるものですか。それに、あの尿のにおいというのは、以前も申し上げましたが、気ふさぎには効果てきめんで、奥さま方のほとんどは、この気ふさぎにかかっておいでtogether でしょうから。

蜘蛛の巣を払うには、濡れてうす汚れた箒を使うのが一番、よくくっついてうまく払い落とすことができます。

朝、応接間の暖炉をきれいにする時には、前の晩の灰をふるいに放り込めばよいでしょう。

それを持ち運びする際に灰がまき散らされますが、部屋や階段にまくすべり止めの代わりにちょうどよいのです。

応接間の暖炉の真鍮や鉄を磨いた時には、汚れたぬれ雑巾をそばの椅子に掛けておくこと。それを見た奥さまは、あなたが仕事を怠ってはいないとお思いになりますから。真鍮のドアノブを磨いた時も同じです。ただその場合には、さらに指の跡を扉に残しておくとよいでしょう。ドアノブも忘れてはいない、と示すためです。

奥さまの寝室用便器は、日中ずっと窓辺に置いて風にあてるとよいでしょう。

食事室や奥さまの寝室に持って行く石炭は大きな塊のものだけにすること。よく燃えますから。またもし大きすぎるようであれば暖炉の大理石で簡単に割れます。

寝る時には火の元に気をつけること。ですから、ろうそくは息で吹き消し、あなたの寝床の下へ押し込んでおきましょう。注：ろうそくの芯のにおいは気ふさぎに良く効きますよ。

従僕との間に子供ができたなら、六か月になる前に結婚するように説き伏せること。どうしてあんな一文にもならない男と一緒になるのかと奥さまに訊かれたら、お勤めは親譲りのものではありませんから、とお答えすればよいでしょう。

奥さまの寝床を整える際には、寝室用便器をベッドの下に入れ、しかも、ベッドの垂れ幕を便器が丸見えになるように便器に沿って押し込んでおきましょう。こうすれば、必要な時に奥さまがすぐ使えますから。

犬や猫を部屋とかクローゼットなどに閉じ込めておくとよいでしょう。屋敷中に響き渡るような大きな鳴き声を出しますから、泥棒が忍び込もうとしても怖気づいてしまいます。

夜、通りに面したお部屋の掃除をする時、汚れた水は通りの側の戸から投げ捨ててしまえばよいでしょう。ただし、前を見ないようにすること。水を引っ掛けられた人に、なんてひどい奴だ、わざとやったな、などと思われてはいけませんから。こういう人が腹いせに窓を壊し、それで奥さまがお怒りになって、桶はしっかりと下へ運び、流しに空けるようにしなさいなどと厳命なさるようであれば、その対応は簡単なことです。階上のお部屋を掃除した際、階段から台所まで水が滴り落ちるようにして桶を運んでくればよいのです。こうすれば、あなたの荷が軽くなるばかりでなく、奥さまもそれを見て、やはり汚水は窓から投げ捨てるか、通りに面した扉の外階段にでも空けておくのがよいとお考えになるでしょう。それに、この外階段に汚水を空けるという方法は、寒い夜などにはあなたやご家族のちょうどよい娯楽にもなります。というのも、水が凍れば、あなたのお屋敷の玄関前で多くの人々がつんのめったり尻餅をついたりするのを見物できるのですから。

大理石の炉床や炉棚は、脂のついた雑巾でピカピカに磨き上げましょう。これほど光沢を出せるものはありません。スカートの裾が汚れないように気をつけるのは、ご婦人方めいめいのお務めというものです。

あなたの奥さまがやかましい方で、磨き粉でお部屋を磨くようにとおっしゃるようであれば、壁の下部にたっぷり六インチほど磨き粉が残るようにしておけばよいのです。きっと、あなたが命令に忠実だと確信されるでしょう。

第一一章　乳搾り女（デアリー・メイド）の心得

バターを作るために攪拌するのは大変な仕事です。夏でも煮え立った熱いお湯を使い、台所の火のそばで、一週間経った古いクリームで攪拌すればよいでしょう。[*20] ちゃんとしたクリームは恋人のために取っておくのです。

第一二章　子供の世話係（チルドレンズ・メイド）の心得

子供が病気の時、食べたいとか飲みたいとかと言うものはなんでも与えること。特に医者から禁じられていても構いません。病気なのに欲しいというものは、必ずや体に良いはずですから。薬などは窓から捨てておしまいなさい。こうすると子供はますますあなたのことが好きになります。でも、他人に言わないように口止めしておかなければいけません。奥さまがご病気で何か欲しいとおっしゃった時も同じこと、体に良いはずです、と請け合ってあげるのです。

奥さまが子供部屋にいらして鞭で子供を叱ろうとなさるような時には、怒って鞭を奥さまの手から取り上げ、こんな残酷な母親を私は見たことがありません、などと申し上げるのです。奥さまはきっと激怒なさいますが、実際にはあなたのことをもっと大事にするようになるでしょう。子供たちが泣き出しそうな時には、お化けの話をしてあげるとよいでしょう。その他諸点あり。

子供たちには乳離れさせること。その他諸点あり。

第一三章　乳母（ナース）の心得

たまたま子供を落として足を悪くしてしまったとして、決してそのことを言ってはいけません。子供が死んでしまえば、すべては丸く収まるのですから。

乳を与えている間にできるだけ早く子供を作る算段をすること。そうすれば、今の子供が死んでしまったり、あるいは乳離れしてしまったりしても、すぐに次の職にありつけます。

第一四章　洗濯女（ラウンドレス）の心得

洗濯物をアイロンで焦がしてしまったら、その場所を小麦粉や白墨、白粉でこすること。それで効果がなければ、その洗濯物が原形をとどめぬまで、あるいはぼろぼろに引き裂けてしまうまで洗えばよいのです。

洗濯物を引き裂いてしまうことについて――。

洗濯物をひもや垣根にピンで留めて乾かしている時に雨が降ってきたら、それをひったくって外しましょう、きっと破けてしまいますが。その他諸点あり。洗濯物をぶら下げておくのは果樹の若木、特に花の咲いているのがよいでしょう。それなら木の方が折れて洗濯物が破ける心配はないし、花のいい匂いがつきますから。

第一五章　女中頭（ハウス・キーパー）の心得

女中頭の皆さんにはきっと、いつも頼りになる従僕がいるはずです。この男に命じて、二品目のコース料理を下げる時にはよく気をつけているようにさせましょう。それをあなたの部屋まで気づかれぬように持って来させれば、家令と一緒においしくいただけます。

第一六章　女家庭教師（ガヴァネス）の心得

子供が本を読まなければ、目がただれているとおっしゃいなさい。あるいは、ベッティお嬢さまはどうしても本を手にお取りにならない、とか。その他諸点あり。

フランスやイギリスのお話の数々、フランスのロマンス、それからチャールズ二世およびウィリアム王の時代に書かれたすべての喜劇などをお嬢さま方に読ませるとよいでしょう。[*21] 穏やかで優しい心の持ち主になりますから。その他諸点あり。

【補遺1】首席司祭の召使のための定め
一七三三年一二月七日

もし二人の男の召使のうちの一人が酔っ払っていたなら、給金受取証を司祭に渡し、罰として英国クラウン銀貨一枚をその給金から払わせなさい。

司祭が在宅の折には、司祭に申し出て外出許可を得ていない限り、召使は屋敷を離れてはならない。この定めに違反した者には、半時間あたり六ペンスの罰金を食費の支払い停止の形で科す。

司祭が外出中、男の召使は一時間半以上、屋敷を離れてはいけない。それ以上留守にした場合の罰金は半時間あたり六ペンス。また、外出中の召使が戻らぬうちにもう一人の男の召使が出かけてしまった場合には、後者から、五シリングの罰金を同じく食費支払い停止の形で科す。

召使が明らかに嘘をついた場合、男女を問わず、給金から一シリングを罰金として食費から差し引く。

司祭が屋敷の周りや離れ、庭、あるいは「ナボトのぶどう畑」〔ナボトはイズレエル人で葡萄畑の持ち主（旧約聖書「列王記」第二一章第一節参照）〕などに出かけ、その際、召使の職務怠慢により然るべく片付けられていないものを何か見つけたら、その場合、当該の召使は、六ペンスの罰金を科されるとともに、ただちにその処理にあたらなければならない。さもなければ司祭の判断により、さらなる罰金が科される。

司祭の不在中、二人の召使が一緒に出かけ、その事実を司祭に告げなかった場合、この告げなかった者には、やはり同様に給金からクラウン銀貨二枚を罰金として差し引く。

食卓の給仕をしている際、指示もないのに二人の召使が同時に部屋を離れた場合、後から部屋を出た召使には三ペンスの罰金が同じように食費から差し引かれる。

司祭が不在の時、女の召使は一時間ほど外出しても構わないが、一時間を超えた場合には、男の召使と同様の罰金を科される。ただしこれは、彼女が戻ってくるまで、二人の男の召使が屋敷にいた場合の話であって、もし、その二人の男の一方が、彼女の帰宅より前に外出した場合には、その外出した男の召使に対してクラウン銀貨一枚を罰金としてやはり同様に食費から差し引く。

他のことについても、召使の監督にあたって司祭が適切であると考えればいつでもこれを定めることができる。職務を怠ったり定めに従わなかったりしたために科された罰金については、召使は誰でもこれを支払わなければならない。

男の召使が酔っ払っている場合、他の二人の召使はそのことを司祭に報告しなければならない。報告しなかった場合は、男女を問わず罰金としてクラウン銀貨二枚を給金から差し引く。

なお、その酔っ払った召使にはクラウン銀貨一枚を罰金として科す。

【補遺2】　宿屋での召使の役目

　主人より先に馬に乗ること。主人が馬にお乗りになったら、その先へ出るように。お昼に休憩を取る場合には、宿屋の門を先にくぐって宿屋の馬丁を呼び、主人が馬を下りる際には馬を引かせる。主人のお世話は宿屋の召使に任せ、自分は馬を厩舎へ連れて行く。厩舎の戸口から最も離れた場所を選び、乾燥していることを確かめて、すぐさま新鮮な麦わらを運んでこさせる。飼葉格子からは古い干し草を出し、新しいものを入れること。馬の腹帯を緩め、たっぷり食べられるようにしてあげる。体の熱が冷めるまでは馬勒を外さず、鞍も一時間はつけたままにしておく。蹄がきれいになっているか、釘の頭はしまっているか、またしっかりと固定されているかなどを確かめ、釘が固定されていなければすぐさま鍛冶屋を呼ぶ。燕麦は最後に与えること。馬には宿屋から一マイルかもう少し離れたところで水を飲ませる。特に指示がない限りは、主人の前後、四〇ヤード以上離れてはいけない。燕麦はにおいを嗅ぎ、また重さを見て吟味し、たっぷりもらえるようにする。馬が燕麦を食べている間は馬のそばに立っていること。

夜、宿屋に泊る場合には、馬の足に牛糞を詰めてあげる。

夜の場合も前述の定めに従うわけだが、鍛冶屋が必要な場合は前の晩に済ませておくこと。主人が朝何時に出発するのかを知っておき、準備のためにたっぷり一時間ほど使えるようにする。朝も昼も、適宜、食事を取り、主人を待たせないようにすること。宿屋の給仕が勘定書を直接旦那さまのところへ持って行かぬようにする。まずは自分の目で注意深くかつ正直に詳細を調べ、しかる後に自ら主人のもとへ持参するように。すべての費目について説明できるようでなければならない。もし宿屋に無礼な召使がいたら、主人が謝金をあげようとするその刹那、連中の面前でそのことを主人に言いつけること。

（召使が二人いる場合の、もう一人の役目について）

主人の四〇ヤード後方に馬を進めること。ただし、馬に乗るのは主人よりも先に。主人の馬の蹄に異状はないかよく観察すること。お昼時に宿屋へ入ったなら、まずは自分の馬を宿屋の馬丁に預け、主人のために便利な部屋を手配する。主人の目の前でその持ち物を部屋に運び込む。宿屋の様子を尋ね、自らの目で確認し、どんな様子かを主人に報告する。正餐なり軽食なりを急がせるためにたびたび台所へ足を運び、清潔かどうかを確かめる。ビールの味見をし、上等かどうかを主人に伝える。主人がワインを所望なら、給仕と一緒に行き、しっかりと中身があって栓がよく閉まっている壜を選ぶこと。ワインが大樽に入っている場合には、味見とにおいの確認を申し出ること。酸っぱかったり濁っていたり味が悪かったりしたら、そのことを主人に知らせ、ふさわしからぬワインにお金を取られることのないように申し上げる。塩は乾いていて粉末状になっていること、パンは新しくてきれいなこと、そしてナイフはよく切れること、などを確かめる。夜、宿屋に泊る際も同様の定めに従うわけだが、夜の場合には、まず暖かい部屋を主人のために選ぶこと。錠や鍵もしっかりしていなければならない。続いて寝床のシーツを取り寄せ、それを大きな暖炉のところでよく乾かしあたためること。毛布、寝床、その下に置く長枕、上に置く枕などについて、よく乾いているかどうか、またベッドの下の床が湿っていないかどうかを確かめる。主人のお部屋は最近他の客が使ったものがよく、そのことを訊いてみること。もしベッド自体が湿っているようであれば、大きな暖炉の前に運びだし、両側をよく乾かすこと。宿屋に忘れ物をしないよう、運ぶべきものをしっかりと書き出した一覧表を作っておき、荷物を馬に乗せる際、表と照合する。

　時折厩舎にも足を運び、馬丁がさぼっていないかを確認すること。

　荷造りの際には下着類などの一覧表を作っておく。荷造りにあたっては堅いものが一緒にならないように、また堅いものは紙やタオルで包むよう留意する。大きなざら紙や反故(ほご)をたくさん用意しておくこと。すべてのものが旅行鞄の中で然るべき場所に収まるようにする。靴や上履きのつま先の部分には干し草の小さな塊を詰めておく。服はきちんとたたみ、しわくちゃにならないように。主人が泊まる部屋は、お屋敷にいる時と同様にきちんと整理する。料理の腕も少しは磨いておくとよい。いざという時に主人の助けになる。

馬丁。万一の場合に備え、鐙革や錐、馬蹄釘一二本、馬蹄、鑿（のみ）と金槌などを携行すること。その他、端切れ、荷造り用のひも、栓抜き、ナイフ、ペンナイフ、針、ピン、糸、絹、梳毛糸などなど。あと、膏剤とはさみ。

同じく馬丁。召使はそれぞれ自分で携行すべきものあり。手帳を持参し、勘定書はすべて保存、時と場所を記す。数を裏書きしておくこと。

どこの町でも見るべきものがあるかどうかを訊くこと。田舎の邸宅をよく観察し、誰のお屋敷なのかを尋ねる。それらを書き留め、また州名も忘れずに。

主人がお休みになる時には寝床の下を調べ、猫などがいないか確認すること。

主人の寝床が整い、持ち物も整理されたなら、寝室の鍵を閉め、主人がお休みになるまで鍵を保管する。お休みの後には、朝まで鍵をポケットに入れておくこと。

宿屋の召使には、主人の出発の一時間以上前に自分を起こしてくれるよう頼んでおくこと。そうすれば主人は一時間ほど準備する時間を取れる。

宿屋の馬丁が怠け者であったりならず者であったりしたら、主人の馬を預けてはならない。

紳士のお屋敷の場合も同様で、そのお屋敷の馬丁が馬の世話をしないようであれば、主人の馬を任せてはいけない。

滞在した宿屋ではどこでも、次に向かう町の最上の宿屋はどこかと尋ねること。ただし、それを鵜呑みにはせず、その町に入ってからも同様に、最上の宿屋はどこかと町の人々に尋ね、多くの人々が勧める宿屋に入ること。

主人の靴は、前の晩に乾かし、油をよく塗っておく。

訳注

＊1——タイトル・ページに見られるこの概要は、ロンドン版初版に付されたもので、ダブリン版にはない（いずれも一七四五年刊）。ただしこの概要は必ずしも本文に忠実ではなく、本文では、玄関番（ポーター）の後に、部屋係（チェインバー・メイド）、侍女（ウェイティング・メイド）、女中（ハウス・メイド）と続き、その後に、乳搾り女（デアリー・メイド）、子供の世話係（チルドレンズ・メイド）、乳母（ナース）、洗濯女（ラウンドレス）、女中頭（ハウス・キーパー）、女家庭教師（ガヴァネス）となっている。

＊2——この作品の記述には常に皮肉が込められている。もちろんこの場合、エールやビールは日陰に置いておくべきものである。

＊3——すなわち、このように交換したものには優良品が多い、という意味。

＊4——もちろんこうしたやり方をすれば、陶器などはすぐに壊れてしまう。そういう苦情にスウィフトが接する機会も多かったようだ。

＊5——この部分は、直前に「罎はすべて最初にワインですすぐこと」としているのと矛盾している。ただ、いずれも執事の「役得」を得る巧みな方法ではある。

＊6——こうすれば蠟が垂れて手に落ちる心配がない。

＊7——刃がすり減るくらい研ぐようにしていると、新しいナイフが必要になる頻度があがり、それを金物屋が察して、執事に心づけを持ってくる、ということ。

＊8——ディナーの残りの鶏の脚は、執事や料理人のご馳走である、ということ。

＊9——すなわち、仲間の罪を告発して自らは釈放されるように、との助言である。

＊10――ニューゲート監獄はロンドンのシティにあった監獄で、死刑囚の語った最後の言葉が処刑の日に印刷出版されることがよくあり、売り上げの一部は、監獄の教誨師のものとなっていた。
＊11――外科医が解剖のために処刑された遺体を購入することがあった。
＊12――つまり、わざと具合が悪くするようにせよ、ということ。
＊13――こうすることで馬に負担をかけ、わざと馬を疲れさせるように、ということ。
＊14――これはすべて馬の体調管理にとって望ましくないやり方である。
＊15――ピーターバラ卿は、スウィフトと親交のあった第三代ピーターバラ伯爵チャールズ・モーダント（一六五八？―一七三五）。『ジル・ブラスの物語』（一七一五年から三五年にかけて刊行）はフランスのアラン＝ルネ・ルサージュ（一六六八―一七四七）の悪漢小説。スペインを舞台に主人公の青年がさまざまな仕事を経験し成長していく様子を描いた。一七四九年にはイギリスの作家トバイアス・スモレット（一七二一―一七七一）による英訳も刊行されている。『ドン・キホーテ』などとともに、一八世紀イギリスにあって最も広く読まれた海外の喜劇的物語である。
＊16――もちろん油を塗ってあっては握りにくい。
＊17――夜気は、通常、健康を害すると言われている。
＊18――もちろん、こうすることで、寝ている奥さまの顔を傷つける危険性が生じる。
＊19――「薔薇の花を摘みに」は、当時、女性が外で用を足す際の常套句。
＊20――熱湯は食器を清潔に保つためには有効だが、もちろん、バターを作るのには適さない。
＊21――これももちろん皮肉であって、ここに挙げられているような「お話」や「ロマンス」、王政

復古期から一七世紀後半の「喜劇」に対して、スウィフトは常に批判的であった。

訳者解説

本書は、名作『ガリヴァー旅行記』の作者として知られるジョナサン・スウィフトの残した膨大な政治社会評論の中から特に傑出した五つの作品を選び、これを翻訳編集したものである。「評論」と言えば、一般的には、対象となる政治的社会的状況に対して、これを大所高所から多面的に観察し論評したものという印象を持つ方も多いと思われるが、スウィフトは、対象へのそうした一定の距離感をはるかに超えて問題の核心に迫り、それを実際に矯正しようとする強靭な筆力を持って執筆を進めている。本書を特に「諷刺論集」としたのは、作者の筆致が、通常の「評論」には見られないような鋭さと迫力を有しているためである。解説では、そうした作品を生み出した作者の人生を概観するとともに、それぞれの作品が執筆された事情を説明し、スウィフトの諷刺の特質をまとめておくことにしたい。

＊

ジョナサン・スウィフトは一六六七年一一月三〇日、アイルランドのダブリンに生まれた。父は同名のジョナサン・スウィフト、母はアビゲイル・エリック、生家は町の中心部、ダブリン城近くのホイ・コート七番地である。

スウィフトの人生には、奇妙で矛盾に満ちた点が少なくないが、その原因の一つは、彼の出生と幼少時代の数奇な運命にある。彼はアイルランドのダブリンに生まれた。だがスウィフト家は、もともとイングランドのヨークシャーを基盤とする名家であり、祖父トマスは英国国教会の聖職者であった。言うまでもなく、アイルランドで多数を占めるカトリックではない。後年、スウィフトもまた聖職者となって、ダブリンの中心部にある聖パトリック大聖堂の首席司祭を三〇年以上にわたって務めることになるが、この大聖堂も、英国国教会系のアイルランド教会（聖公会）に属している。ちなみにこの祖父トマスの妻エリザベスは、後に一七世紀英国を代表する詩人ジョン・ドライデンの祖父エラズマス・ドライデンの姪である。スウィフト家は、この祖父の代に没落してアイルランドへ移住したのだが、その原因は、トマスが、いわゆるピューリタン革命（一六四一―一六四九）に際して、この革命で処刑されることになる国王チャールズ一世を頑強に擁護し、そのため聖職を追われたことによる。イングランドはその後、一六六〇年に王政が復古し、英国国教会に復するが、スウィフト家がイングランドへ戻ることはなかった。母アビゲイル・エリックもまたアイルランド出身ではなく、イングランド中部レスターの生まれであった。やはり地元の名士の家系であったと言われるが、暮らし向きは楽ではなく、結婚持参金もほとんどなかったらしい。定職も持たぬままスウィフトの父がこの母と結婚したのは、父が二四歳の時。しかもその父は息子のジョナサンの誕生を前に病死してしまう。後年スウィフトは、この両親の結婚を「思慮に欠ける」と批判的に述懐している。

現在のダブリンは、言うまでもなくアイルランド共和国の首都である。一般にイギリスとか英国と呼ばれる「グレイト・ブリテンおよび北部アイルランド連合王国」（首都はロンドン）とは、地理的に近接し、英語が通用するという点で共通するものの、別の国である。ところがスウィフトの生きた一七世紀後半から一八世紀にかけての時期はどうであったかというと、いちおう独立的な政体を持ちながらも、長らくイングランド（およびスコットランド）と同じ国王を戴き、ロンドンの中央政府の厳しい監督下に置かれて、イングランドの植民地に近い様相を呈していた。ロンドンからアイルランド総督が派遣されていたという事情は、本書第二章の「ドレイピア書簡」にうかがえる通りである。ちなみにその後アイルランドは、一八〇一年、「グレイト・ブリテンおよびアイルランド連合王国」として、ロンドンの中央政府のもとに正式に併合されてしまう。アイルランド共和国が正式に独立宣言を発し、イギリス連邦からも離脱するのは、ようやく一九四九年になってのことである。

こうしたスウィフト家の事情や当時のアイルランドの複雑な状況に加えて、幼少時代のスウィフトの数奇な運命はまだ続いたようだ。彼の自伝的な記述によれば、一六六九年、イングランドの故郷に戻っていた母に代わってスウィフトを養育していた乳母が、やはり故郷であるイングランド北部の寒村ホワイトヘイブンに幼いスウィフトを連れて帰郷してしまったというのである。この乳母はスウィフトを溺愛し、読み書きなどもよく教えたと言われるが、ともあれ彼が、ダブリンに戻されて伯父ゴドウィンの庇護のもと、ようやくグラマー・スクールに通い始めたのは三年後のことであった。その時に母がダブリンにいたのか、それともレスターの実家に留まっていたのかは不明。すでに法律家として社会的地位を確立していた伯父がいて、母も決して絶縁していたわけではないのに、乳母によるこうした幼児誘拐まがいの出来事がなぜ起きたのか、真相は今でもはっきりしない。ただ、本書第三章の「慎ましき提案」に見られるアイルランドの幼児をめぐる陰惨な描写の中に、スウィフト自身が味わった暗い影が映じていることは確かであろう。

一四歳のスウィフトは、一六九二年、ダブリンのトリニティ・コレッジに入学。四年後に卒業するまで名門大学で学生時代を送ることになる。古典や詩、歴史などの勉学にはよく励んだが、神学や哲学、数学にはあまり関心がなかったようだ。一六八八年、イングランドではいわゆる名誉革命によって国王ジェイムズ二世が追放され、その娘のメアリ（メアリ二世）と夫であるオランダのオラニエ公ウィレム（ウィリアム三世）が共同統治者としてともに国王に即位する。この名誉革命に際してアイルランドでは、多数を占めるカトリック勢力がジェイムズ二世の復位を画策、ダブリンは深刻な政情不安に陥った。二一歳になるスウィフトは、この混乱を避けてイングランドに渡り、ひとまずレスターの母アビゲイルのもとに身を寄せ、この母の紹介によって、準男爵ウィリアム・テンプルの秘書となった。しかるべき官職もしくは国教会の高位の聖職を得るべく、就職活動も開始している。テンプルは、特にオランダとの外交関係に重要な役割を果たした外交官で、ウィリアム三世から国務大臣就任を要請されたこともあったというが、当時は、政界を引退してイングランド南部の州サリーのムーア・パークで著述を中心に悠々自適な生活を始めていた。アイルランド出身で、スウィフト家とも旧知の間柄であったという。この後スウィフトは、テンプルが亡くなる一六九九年まで、陰に陽にさまざまな庇護を受けることになる。本書第五章の「召使心得」には、この時の経験が反映しているとみてよいだろう。もっとも、レスターで慎ましく暮らす母の紹介状だけで、一介の青年がこれだけの大物政治家の秘書になるというのは、いささか奇妙ではある。スウィフトが、実はウィリアム・テンプルの父ジョンとアビゲイルの間に生まれた私生児だったのではないか、という説が生まれるゆえんである。

ムーア・パークに住み込んだスウィフトは、やはりテンプル家の家政に携わる両親のもとに生まれた八歳になる娘の家庭教師を始めた。スウィフトがステラの愛称で呼んだ、エスター・ジョンソンである。二人の関係は、一七二八年、ステラが四七歳で亡くなるまで続き、その交情は、スウィフトのいわゆる「ステラ宛書簡」などの作品を生み出すことになるのだが、二人がダブリンで暮らすようになってからも決して同居はせず、二人だけで会うことさえ、彼は極力避けていたと言われている。その理由は未だに不明だが、スウィフトの異常な女性観にのみ原因を帰するのはやはり早計であろう。一説に、ステラは、スウィフトが仕えたウィリアム・テンプルの私生児だったのではないかという推測もある。もしスウィフトがジョン・テンプルの、そしてステラがウィリアムの私生児であったとするならば、公にはできないものの、両者は叔父と姪の関係にあった、ということになる。本書第四章の「淑女の化粧室」に見られる不気味なまでの詳細な描写には、作者が背負わなければならなかった複雑な伝記的事情が介在しているのかも知れない。

一六九九年、テンプルが死去。スウィフトは翌年、ダブリン北西郊のララカーに聖職禄を得るとともに、ダブリン中心部の聖パトリック大聖堂参事会員となった。それとともに、亡きテンプルの著作集を編纂して刊行しつつ、自らの政治パンフレットをロンドンで出版し、ホイッグ派の論客として頭角をあらわしている。聖職者にして文人という彼の人生の輪郭がはっきりしてくるのはこの頃からである。当時、イングランドの政治は、トーリー党とホイッグ党という二つの党派のせめぎ合いの内に進められていたが、なぜスウィフトがこの時、ホイッグ派を選んだのかといえば、それは、ホイッグがウィリアム三世に近く、亡きテンプルをはじめ、周囲の実力者にもホイッグ派が多くいたためであろう。そのパイプを通じて、有利な官職もしくは国教会の主教（ビショップ）などの聖職位を期待する気持ちもなかったわけではあるまい。若きスウィフトの政治的関心が見え隠れする。

以後しばらくの間、彼はダブリンとロンドンを何度も往復しつつ、聖職者として、また文人として、精力的な活動を展開する。一七〇四年には、ロンドンで『桶物語・書物戦争』を出版。宗教論争や新旧の学問の優劣論争を題材に、人間の識見の欠如やその現世的欲望を喝破した両書には、若きスウィフトの諷刺精神がみなぎっている。他方、一七〇七年から〇九年にかけては、アイルランド教会代表団の一員として、いわゆる教会税軽減のための交渉をロンドンの政府との間で行ってもいる。ロンドンのスウィフトは、ジョウゼフ・アディソンやリチャード・スティールといったホイッグ派の文人と親交を結び、また本書第一章に訳出したように、アイザック・ビカースタフを名乗って、インチキ占星術師ジョン・パートリッジ（一六四四―一七一四?）を文字通り葬り去るような徹底した諷刺文書を刊行している。「アイザック・ビカースタフ」の名は、後にアディソンとスティールが刊行して一世を風靡した定期刊行物『タトラー』（一七〇九―一七一二）に登場する主人公の名前としても使われることになる。もっとも、さまざまな就職活動は結局、不首尾に終わることになった。

おそらくはそのことへの不満が嵩じたためであろう。一七一〇年、トーリー党が政権を奪取すると、彼はトーリー派の機関紙『イグザミナー』に身を投じ、一転してホイッグ派批判の論陣を張ることになる。これをとらえて彼の政治理念の変節と考えることはもちろんできるが、トーリー派の実力者からその才能を正当に評価されたということも事実である。トーリー派に転じた彼は、今度は、ジョン・アーバスノット、アレグザンダー・ポウプ、ジョン・ゲイといったトーリー派の文人たちとの親交を深めて行く。それとともに、エスター・ヴァナムリという女性とロンドンで出会い、ステラとの関係はそのままに、このエスターにも強い愛情を抱くようになった。スウィフトからヴァネッサの愛称で呼ばれた彼女は、ステラより七歳下。ダブリン市議会名誉議長も務めたバーソロミュー・ヴァナムリの娘であった。ところがここでも、スウィフトは彼女に対して特異な行動を取っている。ヴァネッサの自分への恋情が高まってくると、今度はそれを拒むような振る舞いをあからさまにしているのである。結局、生涯独身を貫いた彼をめぐる奇妙なこの三角関係は、ヴァネッサが急逝する一七二三年まで続くことになる。

一七一三年、四六歳のスウィフトは、ダブリンの聖パトリック大聖堂の首席司祭となった。

ただし首席司祭とは主教の下位にあたる聖職位であり、主教への道は事実上、断念せざるを得なかった。そして翌一七一四年、アン女王が崩御してステュアート朝が断絶。トーリー党政権も瓦解し、国王にはステュアート朝の開祖であるジェイムズ一世の曽孫でドイツのハノーヴァー選帝侯であったジョージ一世が迎えられることになった。主導したのはホイッグ党。やがてホイッグ党は、領袖ロバート・ウォルポールが首相となって二〇年以上にわたる長期政権を維持、本格的な議院内閣制を世界で初めて実現することになる。スウィフトが中央政界で活躍する可能性はここで完全に潰えた。彼はダブリンに戻り、しばらくは傷心の日々を送っていたようだ。聖パトリック大聖堂首席司祭として一生を終えることを覚悟する。皮肉にも、彼が「アイルランド人」としてのアイデンティティを強く意識し始めたのはこの頃のことであったと言ってよい。

スウィフトが文筆活動を本格的に再開したのは、一七二〇年頃のことである。この年、「アイルランド製品を万人が用いるための提案」を刊行、アイルランド擁護の論陣を張ることになる。『ガリヴァー旅行記』の執筆に本格的に取りかかったのは一七二一年。一七二四年には、アイルランドにおける貨幣改鋳の特許をイングランドのウィリアム・ウッドなる金物商が得たことに猛然と反発し、七通の公開書簡を執筆することになる。これが「ドレイピア書簡」だ。ちなみに当時、貨幣の鋳造は、イングランドやスコットランドでは政府直轄の造幣局がその任にあたっていたが、アイルランドにはそうした造幣局がなく、国王の特許を得た私人が鋳造権を握るという形になっていたのである。「ドレイピア書簡」の効果は絶大で、一七二五年には、ウッドへの特許状が取り消された。いささかの不満をもって終の棲家としたアイルランドで、しかしスウィフトは、その文筆によって英雄と目されるようになる。『ガリヴァー旅行記』がロンドンで刊行されたのは一七二六年一〇月二八日。反響は絶大で、初版初刷りは一週間で売り切れ、年内に二度までも増刷を行っている。もちろんダブリンでも、いわゆるダブリン版初版がこの年に出版されている。

その後も数年間は、旺盛な文筆活動が続いた。なかでも一七二九年に刊行された「慎ましき提案」では、アイルランドの窮状を訴える諷刺的舌鋒が冴えわたっている。しかし一七三一年頃から、持病のメニエール病の悪化に伴い、スウィフトの人生にも老衰の気配が漂ってくる。彼は六四歳。ステラもヴァネッサもすでにこの世にはいなかった。この年、彼は自ら、「スウィフト博士の死を悼む詩」を記している。一七三五年、スウィフト著作集全四巻がダブリンの出版者ジョージ・フォークナーの手で刊行され、この第三巻に、初版に対するスウィフト自身の訂正を反映した『ガリヴァー旅行記』が収められることになる。七〇歳を迎える頃には、身体も精神も相当衰弱してきたようだ。一七四〇年、彼は最後の遺言書を執筆。その中で、遺産の一部を、精神を病む者のための病院建設にあて、これを聖パトリック病院と命名するように指示している。何とも痛ましいのは、そういう遺言を残した彼自身が、一七四二年には、心神耗弱により、後見人の監督下に置かれてしまうということだ。聖パトリック大聖堂首席司祭の家でスウィフトが息を引き取ったのはその三年後の、一七四五年一〇月一九日。享年七七。大聖堂の一角に埋葬され、その墓碑銘には、自ら記したラテン語の以下のような言葉が刻まれている。「ここに眠りしは／この大聖堂の／司祭にして神学博士／ジョナサン・スウィフト／泉下ではもはや／猛然たる憤怒が／心臓を引き裂くことなし／行け、旅する者よ／そして倣え、できるものならば／倦むことなく、力の及ぶ限り／自由を擁護せし者を」。生前書き溜められていた草稿をもとに編纂された「召使心得」が、ジョージ・フォークナーによってダブリンで刊行されたのは、スウィフトの死後、三週間ほどたった一一月八日のことであった。

＊

本書を特に「諷刺論集」と名づけたことについてはすでに述べたが、諷刺という表現領域の性格を明確に定義することは、実ははなはだ難しい。社会や人物の欠点や罪悪を批判的に論じたものであることは間違いないのだが、そうした批判が、綴られている言葉の表層的な意味から一義的に汲み取れるかというとそうではなく、婉曲的に、もしくは迂回して表現されているからであり、しかもその婉曲や迂回の度合いが常に一定したものであるわけではなく、時に直接的な場合もあれば、時に正反対のことを述べている場合もあるからだ。言葉とその表現内容が一義的に対応するという、私たちの信仰にも似た言語観を、諷刺は時に厳しく拒絶する。そういう多義性を前に、読者はしばしば逡巡し、不安を覚えるのだが、しかし、言語表現が有するそうした性格を存分に生かすことで、諷刺は、複雑に結びついた私たちの想念を的確に集約し、時に、私たちがまったく気づかずにいるような既成概念の矛盾や欠陥を鋭く指摘する。簡潔明解にして曖昧さを感じさせない、すなわち一義的に指示対象を示しているかに見える言葉の奥に、作者のメッセージが重層的に連なり、読者は、その重層的な意味の連なりに自ら解釈を加えていかずにはいられない――諷刺は、このような意味において、きわめて豊饒な表現領域であり、それゆえ、読者を強く突き動かす力を有している。

本書第一章の「ビカースタフ文書」は、上述のように、スウィフトがロンドンで、聖職者として、また文人として、精力的に活動していた時期にあたる一七〇八年から〇九年に執筆刊行されたものである。ジョン・パートリッジは、もちろん実在の占星術師で、本文中にあるように評判の暦書を刊行していた。オランダのライデン大学に学び、ギリシャ語やラテン語、さらにはヘブライ語にも通じ、暦書の近代化にもそれなりの成果を挙げた人物である。英国国教会を信仰し、党派的にもホイッグを支持していたから、政治および宗教上の立場は、むしろ当時のスウィフトに近かったと言ってもよいだろう。ただ、国教会とはいえ、聖職の権威を重視しない、いわゆる低教会派的傾向を強く持っていたため、その言動が、聖職の権威を重視する高教会派のスウィフトにとっては我慢ならなかったに違いない。教会の権威を蔑ろにしているにもかかわらず、自らの「イカサマ」占いこそ絶対であるかのように振る舞っている——そういうスウィフトの、そしてスウィフトと同じような考えを持つ少なからぬ読者の怒りが、このパートリッジへの弾劾文書に結実したというわけだ。一連の文書は、いずれも小冊子の形で個別に刊行されているのだが、それにしても、スウィフトの弾劾は、きわめて周到に組み立てられている。まず第一篇の「一七〇八年の予言」では、「ニセの暦作り」への批判を最初に据え、しかしまさにその「ニセの暦作り」と同様の手法で、読者の関心をひく、主に対外関係に焦点を当てた自らの予言を展開する。しかもその中に、実に大胆にも、パートリッジは「きたる三月二九日、間違いなく死ぬことになっている」という予言を挿入しているのだ。イカサマ占い師と同様の手法だから、パートリッジが死ぬはずはない。ところが、第二篇および第三篇にあるように、それが本当に死んでしまったという戯れ歌と報告書が、予言の日の直後にまた刊行される。そこにはなんと「墓碑銘」まで報告されているのである。こうなれば名誉棄損で、パートリッジも対抗手段に出るはずで、それが第四篇の「ビカースタフ断罪の文書、よく読んでみると、結局は、絶対的な予言などと称しているパートリッジ自身の非力を伝える滑稽な文書にすである。この第四篇は、スウィフト自身が執筆したものかどうかは実は疑わしく、当代一流の喜劇作家ウィリアム・コングリーヴ（一六七〇―一七二九）らの手によるものではないかと推測されているが、何らかの形でスウィフトの意図が働いていたことは確かである。こうなれば仕方がない、パートリッジは翌一七〇九年の暦の中でビカースタフ批判を展開することになるのだが、それに対して今度ははっきりとスウィフトが執筆しているのが、次の第五篇「アイザック・ビカースタフ氏の弁明」である。もっともこの段階になると、パートリッジの暦書への信頼がかなり揺らいでいるので、当初の目的は達成されており、スウィフトの筆致も穏やかで、平凡と言えば平凡と言えるものである。「氏は、三月二九日からずっと生きているとは、敢えておっしゃらず、ただ、今は生きている、そしてその日も生きていた、とだけ言っているのである」として、「これはまさに詭弁だ」というわけだが、むしろスウィフトの方が詭弁と言ってよいだろう。そういう詭弁を駆使することで、それに関わっているパートリッジが、逆にイカサマらしく見えてくるから不思議である。結局、この一七〇九年の年末以降、パートリッジの名はロンドンの書籍出版業組合から抹消され、不遇の晩年を送ることになった。第六篇の「英国の魔法使いマーリンの有名なる予言」は、やはりスウィフトの手によるものだが、こうした一連の騒動の余滴と言うべきものである。ビカースタフを非難し、パートリッジを擁護するかに見えて、その論拠が千年前の予言者マーリンというあたりが、実に痛快である。虚飾を剝ぎ取るべく、生きている者を死んでいると断言し、その大嘘によって虚勢を張っている者の虚なる部分を露悪的に示す。そして、そういう露悪的な提示によって、小冊子の読者、すなわち、まさに育ちつつあった近代社会の読者は、確実に、その虚飾に気づく——後の『ガリヴァー旅行記』などにもつながるスウィフトの諷刺精神と卓抜な言語表現がみごとに花開いた作品群である。

「ビカースタフ文書」が、暦書も含めて主に出版界を舞台に展開した出来事であるのに対して、第二章の「ドレイピア書簡」は、小冊子を通じてより広く一般市民に呼びかける、という性格を有した文書である。上述のようにこれは、アイルランドにおける貨幣改鋳の特許をイングランドのウィリアム・ウッドなる金物商が得たことに強い反発と危機感を覚えたスウィフトが、一七二四年から二五年にかけて執筆刊行した全部で七篇の公開書簡である。やはりいずれも小冊子の形で刊行された。スウィフトの筆によって喚起された世論の力はやがて無視できないものとなり、ウォルポールを首班とするロンドンの政府も最終的にはウッドへの特許状取り消しに追い込まれた。青年時代からダブリンとロンドンを往復し、イングランドでの官職もしくは聖職位を強く求めていたスウィフトが、しかし王朝の交代とともにそうした希望を断念した後、アイルランドの英雄とも目されるような行動を筆の力によって果たしたのである。ちなみに、作者名として登場する「M・B・ドレイピア」はもちろん仮名で、ドレイピアは反物商

（draper）に由来するものである。書簡の作者は一般の一商人である、という体裁を取ろうとしたものだ。なお本書では、七篇の公開書簡のうち、一連の経緯をよく示す、内容的にも表現の上でも典型的な第一書簡と第四書簡を訳出した。

この「ドレイピア書簡」には、たとえば「ビカースタフ文書」に見られるような詭弁、あるいはウッドの邪悪さを露悪的に記すような記述はほとんどない。たしかに、「万一、ウッド氏のたくらみが実現すれば、乞食だって破滅してしまいますよ」とか「吹けば飛ぶようなイカサマ鋳物屋」とか、ウォルポールは「アイルランドの良き友である」といった皮肉たっぷりの表現は散見される。だがこの作品の要諦は、そうした皮肉にあるのではなく、まずは事の経緯を率直に、正確に、ふだんはあまり文章を読まない人々にも分かりやすく伝えるということ、その中で、国王の大権の範囲とアイルランドの国民の権利を明確にし、ウッドの悪貨を使用しないことが決して国王やロンドンの中央政府に反抗することにはならないということを示すこと、そしてそれにより、アイルランドの国民が陥っている虚妄、すなわちウッドの悪貨流通を容認しなければならないであろうというような誤解を解くことに、スウィフトが集中しているという点に求められるのではあるまいか。大嘘に大嘘をぶつけて虚妄を暴くのではなく、大嘘を構成する諸要素を一つ一つ分解して、その一つ一つが何ら正当性のあるものではないということを示し、それらを積み上げて、全体が大嘘であることを読者に、そして多くの市民に納得させるという手法である。ある深刻な問題に直面した時、私たちは、往々にして、そのあまりに過酷な全体像に幻惑され、冷静に分析するための手がかりを見失ってしまうことがある。あるいはまた、問題事態に対する不満から、それを解決する適切な手段を考えないまま、抗議行動に走ってしまうこともある。日常性や惰性、既成概念という形で人間社会に巣くう虚妄は、たとえば当時スウィフトが執筆を進めていた『ガリヴァー旅行記』にもしばしば登場する。そういうものを根底から突き崩す見事な手法を、彼はこの「ドレイピア書簡」によって実践してみせたと言えよう。

第三章の「慎ましき提案」は、スウィフトが手がけた小冊子類の中でも最も辛辣な諷刺に貫かれた作品として知られている。イングランドの抑圧的な政策によって深刻な貧困に陥っているアイルランドの惨状を広く世に知らしめるべく、アイルランドの幼児の大半を食卓に提供すればよい、という最も残酷な方法を「慎ましく」提案する、というものだ。悲惨な事態を引き起こしている邪悪なる政治に対して邪悪なる方法を提案し、それによって問題状況の深刻さを露悪的に示す——この手法は諷刺的表現の最も典型的なものの一つであり、「ビカースタフ文書」にもうかがえるものだが、パートリッジを扱った作品群がいくぶん滑稽な、喜劇的調子を帯びているのに対して、この「慎ましき提案」は実に陰惨きわまりない。「私は何年もの間、あれこれ無為に思い悩んだり空想に耽ったりしてきたためにいささか疲労困憊し、ついにまったく絶望的かとあきらめかけた矢先に、幸運にもこの提案を思いついた」という一文からは、当時、すでに還暦を過ぎて老いを感じ始めたスウィフトが、晩年を送るアイルランドの現状と将来に希望を持てず苦悩していたという様子もうかがえる。

だが、一七二六年に『ガリヴァー旅行記』を刊行した後、スウィフトの筆力が、この段階においても、まったく衰えを見せてはいないということは確かであろう。「平均すると生まれたばかりの子供は一二ポンド、一年経つと、よく育てられれば二八ポンドにまでなる」というのは、まことに皮肉な描写でしかないのだが、しかし彼は、この慎ましき提案にできる限りの詳細な情報を盛り込むことで、邪悪なる状況に対応した邪悪なる非現実的方法に、精巧な現実感を与えることに成功しているのだ。かつて夏目漱石は『文学評論』(一九〇九)において『ガリヴァー旅行記』を評し、「到底実世界にあり得べからざる事実を、あたかも厳として存在するが如く明瞭に感ぜしめる(略)荒唐架空の世界を描いてあたかも現実界にある如き思いを起こさしめる」と述べたが、そういうスウィフトの筆の力は少しも揺らいではいない。否、精巧な現実感が与えられているからこそ、読者はこの慎ましき提案の深刻な暗さに圧倒されるのだ。現実が邪悪であるなら、その同じ舞台で邪悪と対峙することは、廉直なスウィフトにとっては到底我慢ならないことであった。それゆえ彼は、非現実という、いわば別の舞台を設定し、その非現実に現実の邪悪を映しとって精巧に仕上げてみせたのである。現実の邪悪さに対して、それを批判する別の舞台を設けること——諷刺という言語表現にはこうした機能があり、スウィフトはそれを存分に活用した。この「慎ましき提案」は、間違いなく、そういうスウィフトの諷刺表現の頂点の一角をなすものと言えよう。

第四章の「淑女の化粧室」は、一七三二年に刊行された。「ビカースタフ文書」や「ドレイピア書簡」、「慎ましき提案」などが、いずれも現実に多くの人々が目にすることのできる諸悪に対してこれを打ち砕く強力な諷刺であったのに対し、これは、美の化身にして清潔であるはずのシーリア姫の留守の間に、召使のストレフォンとベッティが部屋の詳細をのぞき見てしまうことで実態が明らかになるというものだ。美しい女性の隠れた真実を見てしまったストレフォンは復讐の神による厳罰を受けることになるが、それも「麗しき女性を見るたびに、彼はいつも臭気を感じてしまうのです／そしてまた、不快な臭気が漂ってくると／そばにご婦人が立っているのでは、と思ってしまうのです」というわけだから、実に皮肉な表現である。一読して、「きわめて猥雑」とか「汚れたスカトロジーの極致」といった感想を持たれる方も多いのではないだろうか。実際、刊行当初から、「デリカシーの微塵も感じられない、全面的に非難されるべき作品」などとも評されてきた。後にスウィフトの全集を編纂するスコットランドの文豪ウォルター・スコット（一七七一—一八三二）でさえ、「精神に変調をきたしていたことを示すもの」と見なしている。精神の変調か否かはともかく、異常なまでの女性蔑視の現れであるとする批評家は少なくない（もっとも、刊行直後から頻繁に版を重ねているところを見ると、のぞき見好きの読者も相当多かったに違いない）。

ただこの詩は、当然のことながら、『ガリヴァー旅行記』第二篇の冒頭、すなわち普通の人間の一二倍のサイズの人間が暮らす大人国ブロブディンナグで農夫に救出されたガリヴァーが、その農夫の家で赤ん坊に乳をやる乳母の姿を見て驚愕した時の描写と合わせて検討されるべきであろう。食卓の上に乗せられたガリヴァーは、巨大で「怪物的な乳房」を間近に観察することになり、「イングランドの女性方の肌の色があれだけ美しく見えるのは、ひとえに体の大きさが同じで、虫眼鏡でなければその欠陥が見えない」ということ、そしてガリヴァー自身、小人国リリパットで、「皮膚は大きな穴だらけ、髭のつけ根は野猪の剛毛の硬さ、顔の色たるや多色刷りで不快極まりない」と言われたことに思い至るという、あの有名な場面である。たしかにシーリア姫は、パートリッジのように決してあからさまに虚勢を張っているわけではない。せいぜい「五時間」も「お化粧三昧」だったというだけであるのだから、姫を「女神」とみなすストレフォン、あるいは女性を神聖視していたかも知れないスウィフトの、いわば身勝手な幻想が打ち砕かれただけのことであって、それを恨みがましく露悪的に描くのは、パートリッジを露悪的に描くのとは全く別の話である。「精神に変調をきたしていた」とするスコットの評こそ正しいのかも知れない。しかしながら、美女や美男という、古今東西、人類に共通して見られる普遍的な判断基準の一つが、ちょっとした縮尺の変更、あるいは気まぐれなのぞき見によって、もろくも崩れ去る可能性があるということがスウィフトの意図したメッセージに含まれているとすれば、それはやはり一考に値するのではあるまいか。淑女の化粧室の描写が限りなく現実に近く、美女の清潔さを崇敬する周囲の眼差しこそが虚妄であるならば、そしてそういう虚妄を正面から虚妄であると指摘する言説が社会的に忌避されてきたとするならば、その虚妄を指摘できるのは、一流の諷刺表現でしかありえない。

本書最後の第五章に訳出した「召使心得」は、上述のように、スウィフトが生前に書き溜めていた草稿をダブリンの出版者ジョージ・フォークナーが編纂し、スウィフトの死後に刊行したものである。「総則」や「執事」、「料理人」「従僕」などの項が十分に記述されているのに対して、後半の、特に「乳搾り女」以降が、ごく簡単な素描に終わってしまっているのはそのためである。心得の記述の中には若干の断絶が見られる箇所があるが、これも同じ理由によるものであろう。もっともスウィフト自身がこの作品の執筆に言及している書簡の日付は一七三一年八月（ジョン・ゲイ宛書簡）にまでさかのぼることができるし、実際、出版者フォークナーも、一七三八年一月には、この作品とほぼ同様のものと考えられる「召使への助言」（Advice to Servants）というスウィフトの作品を刊行予定であるとの広告を出している。したがってこの作品も、概ね、「淑女の化粧室」と同時期に大半が執筆されていたと考えてよいだろう。実際、

「部屋係」の項に見られる寝室用便器の扱いなど、「淑女の化粧室」の題材と酷似している（ちなみに、ロンドンなどの都市部で下水道が本格的に整備されたのは、人口集中による汚染が深刻化した一八世紀末以降のことであり、一八世紀初頭にあっては、汚水や汚物を耕作地へ引き入れる灌漑があればそれを使い、なければそれこそ窓から外へ放り出すことも稀ではなかった。汚物の処理に関してスウィフトが、ことさら異常な記述をしたというわけではない）。

補遺として訳出した「首席司祭の召使のための定め」と「宿屋での召使の役目」を除き、ここに示された心得は、いずれも、その細部に至るまで徹底して反転した世界を表現したものである。いずれも、旦那さまや奥さま、その子女たちの役には立たない。時には直接的に、時には間接的に、害になったり、望んでいなかったりすることばかりである。盗品売買を稼業とするマクヒース一味の暗躍ぶりを活写して、日常世界を見事に反転させたジョン・ゲイの『乞食オペラ』（一七二八年初演）を想起させるものと言ってもよいだろう。還暦を過ぎたスウィフトは、なぜここまで、敢えて日常世界を反転させ、不正、うそ、ごまかし、狡猾さ、怠慢、不誠実、欲張り、横柄、わがまま、反抗心、保身などに満ち満ちた心得を描かなければならなかったのか。やはりそこには、あの『ガリヴァー旅行記』第四篇のフウイヌム（馬）の社会に隷属している、人間に酷似した醜悪なヤフーの姿を思い浮かべる必要があろう。彼は『ガリヴァー旅行記』を次のように締めくくっている。フウイヌムの社会から人間界に戻ったガリヴァーは、なんとかイングランドのヤフー（すなわち人間）とのつき合いを「少しでも耐えられるものにしたい」と考えているのだが、それだからこそ、「この愚劣な悪徳に少しでも感染している皆さんにお願いしたい、図々しく我輩の前をうろつかないでくれ」というのである。「うろつかないでくれ」と叫んではみたものの、やはりスウィフトは、その後何度も、愚劣な悪徳に感染した人間ヤフーを目の当たりにしなければならなかった。しかもそれは、召使に限らず、旦那さまや奥さまたちの世界にも、である。だからこそスウィフトは、少なくとも表面的には服務に忠実であるべき召使の世界にそうした悪徳を収斂させ、政治的な革命などといった大上段に構えたメッセージではなく、しかしより広く、そしてより深く私たちの周囲に浸透するような召使心得という形で、日常世界を反転させ、人間社会そのものに潜む愚劣な悪徳をえぐり出したのである。ここに描かれる召使たちが、その悪行にもかかわらずなぜか生き生きと躍動しているかのような印象を読者が感じるのは、人間自らが抱え込んだ悪徳を察知しつつも、それを忌避し隠蔽することに馴らされた感性が、スウィフトの諷刺によってようやく息を吹き返すからなのではあるまいか。

＊

邦訳にあたって各作品の底本とした版本は次の通りである。

第一章

「一七〇八年の予言」

"Predictions for the Year 1708", *The Cambridge Edition of the Works of Jonathan Swift*, vol. 2, ed. Valerie Rumbold (Cambridge: Cambridge UP, 2013), pp. 43-58.

「今月二九日にお亡くなりになった暦作りのパートリッジ氏を悼むエレジー」

"An Elegy on Mr. *Partridge*", *The Poems of Jonathan Swift*, vol. 1, ed. Harold Williams (Oxford: Clarendon, 1958), pp. 97-101.

「ビカースタフ氏の第一の予言が見事に的中」

"The Accomplishment of the First of Mr. *Bickerstaff*'s Predictions", *The Cambridge Edition of the Works of Jonathan Swift*, vol. 2, pp. 61-64.

「ビカースタフ氏の正体判明」

"Squire *Bickerstaff* Detected", *The Cambridge Edition of the Works of Jonathan Swift*, vol. 2, pp. 566-72.

「アイザック・ビカースタフ氏の弁明」

"A Vindication of *Isaac Bickerstaff* ESQ.", *The Cambridge Edition of the Works of Jonathan Swift*, vol. 2, pp. 67-75.

「英国の魔法使いマーリンの有名なる予言」
"A Famous Prediction of *Merlin*, the *British* Wizard", *The Cambridge Edition of the Works of Jonathan Swift*, vol. 2, pp. 83-87.

第二章

「ドレイピア書簡」（第一書簡、第四書簡）
"The Drapier's Letters", *The Prose Writings of Jonathan Swift*, vol. 10, ed. Herbert Davis (Oxford: Basil Blackwell, 1959), pp. 3-12, 53-68.

第三章

「慎ましき提案」
"A Modest Proposal", *The Prose Writings of Jonathan Swift*, vol. 12, ed. Herbert Davis (Oxford: Basil Blackwell, 1955), pp. 109-18.

第四章

「淑女の化粧室」
"The Lady's Dressing Room", *The Poems of Jonathan Swift*, vol. 2, ed. Harold Williams (Oxford: Clarendon, 1958), pp. 524-30.

第五章

「召使心得」
"Directions to Servants", *The Cambridge Edition of the Works of Jonathan Swift*, vol. 2, pp. 447–524, 537–38, 539–41.

なお、右記のエディションを中心に多くの版本に付された解説や注釈を参照させていただいた。また、スウィフト作品に関する、特に次の先達による論述・邦訳も参考にさせていただいた。記して謝意を表したい。

『奴婢訓』深町弘三訳、岩波文庫（岩波書店、一九五〇年）
『書物合戦・ドレイピア書簡』山本和平訳、古典文庫二〇（現代思潮社、一九六八年）
『スウィフト考』中野好夫著、岩波新書（岩波書店、一九六九年）

解説等の執筆にあたっては、さらに多くの文献を参照したが、特に『ガリヴァー旅行記』に関しては次の邦訳および注釈のお世話になった。

『『ガリヴァー旅行記』徹底注釈』（本文篇：富山太佳夫訳、注釈篇：原田範行、服部典之、武田

将明著、岩波書店、二〇一三年）

本書の上梓にあたっては多くの方々のお世話になったが、特に企画段階から校正に至るまで、平凡社編集部の竹内涼子氏には多大なご支援とご助力をいただいた。心より御礼を申し上げる。

二〇一四年一一月八日

原田範行

平凡社ライブラリー　824

召使心得 他四篇（めしつかいこころえ ほかよんへん）

スウィフト諷刺論集

発行日…………2015年1月10日　初版第1刷

著者……………ジョナサン・スウィフト
編訳者…………原田範行
発行者…………西田裕一
発行所…………株式会社平凡社
〒101-0051　東京都千代田区神田神保町3-29
電話　東京(03)3230-6579［編集］
東京(03)3230-6572［営業］
振替　00180-0-29639

印刷・製本 ……中央精版印刷株式会社
DTP…………平凡社制作
装幀……………中垣信夫

ISBN978-4-582-76824-4
NDC 分類番号934
B6変型判（16.0cm）　総ページ296

平凡社ホームページ　http://www.heibonsha.co.jp/

平凡社ライブラリー 既刊より